www.ingramcontent.com/pod-product-compliance
Lightning Source LLC
La Vergne TN
LVHW050337160826
845677LV00014B/3653

تريندز للبحوث والاستشارات
TRENDS RESEARCH & ADVISORY

الاتجاهات المتباينة للأمن السيبراني

مبادرة النبض السيبراني.. دراسة حالة

د. محمد الكويتي

أوراق محاضرات (3)
أكتوبر 2022

الآراء الواردة في هذه الدراسة لا تعبر بالضرورة
عن مركز تريندز للبحوث والاستشارات

الطبعة الأولى 2022

Order No.: MC-02-01-6582832

ISBN: 978-9948-811-22-0

Website: http://trendsresearch.org

مركز تريندز للبحوث والاستشارات

يُعد مركز تريندز للبحوث والاستشارات مؤسسة بحثية مستقلة تأسس عام 2014، ويهتم باستشراف المستقبل في جوانبه الاستراتيجية والسياسية والاقتصادية، وتتبع القضايا العالمية المختلفة. كما يهدف المركز إلى تحليل الفرص والتحديات على مختلف الصعد الجيوسياسية الراهنة، وما تحمله من متغيرات محتملة، مع محاولة إيجاد إجابات وتفسيرات علمية وموضوعية من شأنها المساهمة في التأثير في اتجاهات الأحداث مع مراعاة نواحي التحليل والنقد والاستشراف.

ويقدم المركز من أجل تحقيق غاياته العلمية، دراسات رصينة ذات أبعاد استشرافية مستقبلية، ويطرح أفضل البدائل الممكنة لمساعدة صنّاع القرار في معرفة التطورات الإقليمية والدولية بشكل أعمق، والاستفادة مما توفره من فرص. كما يقوم المركز برصد الاتجاهات والتغييرات الاستراتيجية والاقتصادية والإقليمية والدولية، بشكل أعمق، والاستفادة مما توفره من فرص، والتنبؤ بآثارها المستقبلية، وذلك وفق الضوابط العلمية المتعارف عليها دولياً لدى أعرق مراكز التفكير والبحث العلمي.

المحتويات

ملخص تنفيذي:

يُعد مفهوم «الأمن السيبراني» حديثاً نسبياً، إذ ظهر في السياق الأمريكي في أواخر ثمانينيات القرن الماضي، لكنه لم يبدأ في الاستخدام والانتشار على نطاقٍ واسع إلا مع بداية العقد الأول من القرن الحالي، مع تزايد التطور التقني، وما رافقه من تزايد للمخاطر والتهديدات السيبرانية، بشكل باتت معه تشكل تهديداً للأمن الوطني والعالمي، وهو الأمر الذي يتطلب تحركاً منسقاً على صعيد المجتمع الدولي لمواجهتها يتضمن اتخاذ إجراءات ضرورية منها: ضرورة عقد اتفاقيات دولية، وإيجاد مبادرات وترتيبات لدعم الاستجابة والصمود على المستوى الدولي، وتعزيز إجراءات الردع، وتفعيل دور الإنتربول الدولي.

أما على الصعيد الوطني، فقد أولت العديد من دول العالم قضية الأمن السيبراني أولوية كبرى ضمن منظومة أمنها الوطني، ومن بين هذه الدول دولة الإمارات العربية المتحدة، التي تبنت العديد من الإجراءات المهمة لتعزيز الأمن السيبراني، ولاسيما مع تزايد اعتماد الدولة على الرقمنة والتكنولوجيا المتطورة في بناء اقتصاد تنافسي قائم على المعرفة. ومن بين المبادرات المهمة في هذا الصدد، مبادرة «النبض السيبراني»، وهي مبادرة «مبتكرة»، ومصدر ابتكارها يعود إلى تعزيزها لفكرة المسؤولية المجتمعية (بمعنى تعزيز مسؤولية الفرد المجتمعي، مواطناً كان أو وافداً) في تأمين الفضاء الإلكتروني لدولة الإمارات، وإلى شموليتها لكل شرائح المجتمع كماً ونوعاً، وإلى إنماء مفهوم الولاء الوطني السيبراني.

وضمن هذا السياق، تسعى هذه الدراسة لإلقاء الضوء على تطور مفهوم «الأمن السيبراني»، وتحليل الاتجاهات المتباينة في تصوره، واستقراء سبل مواجهة التهديدات السيبرانية، أو بالأحرى تقليل آثارها، وبحث مبادرة «النبض السيبراني» الإماراتية في سياق محاولات الدول والمجتمعات تأمين فضائها الإلكتروني.

مقدمة:

شـهد مفهـوم الأمـن في العلاقـات الدوليـة العديـد مـن التطـورات منـذ تبلـور الدراسـات الأمنيـة بوصفهـا حقـلاً دوليـاً فرعيـاً للدراسـة بعـد الحـرب العالميـة الثانيـة. فقـد كان تعريـف الأمـن وفقـاً للاتجاهـات التقليديـة في الدراسـات الأمنيـة مقتـصراً عـلى المجـال العسـكري «التقليـدي»، ومرتبطـاً بمسـتوى الدولـة؛ لكونهـا الفاعـل الوحيـد أو الرئيـس في السياسـة الدوليـة. وقـد ركـز الدارسـون «التقليديـون»، طـوال فـترة الحـرب البـاردة، عـلى الأمـن بمنظـوره العسـكري، والتهديـدات العسـكرية للأمـن الوطنـي، والقـدرات العسـكرية لمواجهـة هـذه التهديـدات. ثـم إنهـم أهملـوا التهديـدات الأخـرى للأمـن، مثـل التهديـدات الاقتصاديـة والسياسـية والمجتمعيـة والبيئيـة وغيرهـا، بـل ونظـروا إلى المجـالات الأخـرى غـير العسـكرية، كالاقتصاديـة والسياسـية والثقافيـة والبيئيـة وغيرهـا، بقـدر مـا تسـهم بـه في القـدرات العسـكرية للدولـة. وقـد بلـغ الاتجـاه التقليـدي في التنظـير للأمـن أوجـه في فـترة الحـرب البـاردة، وظهـور الدراسـات الاسـتراتيجية وهيمنـة النظريـة الواقعيـة عـلى حقـلي العلاقـات الدوليـة والدراسـات الأمنيـة، وهيمنـة نظـام القطبيـة الثنائيـة وعملياتـه الرئيسـية المتمثلة في توازن الرعب النووي وسباق التسلح على السياسة العالمية.

ولكـن انتهـاء الحـرب البـاردة، وعـدم قـدرة النظريـات السـائدة في العلاقـات الدوليـة والدراسـات الأمنيـة عـلى توقـع نهايتهـا، وظهـور تهديـدات جديـدة للأمـن الوطنـي والـدولي قـادوا إلى إثـارة التسـاؤلات عـن مصداقيـة حجـج أصحـاب المدرسـة التقليديـة، وإلى تعزيـز جهـود منظـري الدراسـات الأمنيـة لتوسـيع مفهـوم الأمـن. وقـد انطلقـت جهـود الموسـعين في مدرسـة كوبنهاجـن للدراسـات الأمنيـة، بقيـادة

بـاري بـوزان وأولي ويفـر وغيرهـما، وأضافـوا أبعـاداً أو قطاعـات جديـدة للأمـن، بالإضافـة إلى بعـده العسـكري التقليـدي؛ وهـي الأبعـاد السياسـية والاقتصاديـة والمجتمعيـة والبيئيـة[1]. وتتالـت إسـهامات الدارسـين لمراكمـة أبعـادٍ أو قطاعـاتٍ جديدة، بلغت نحو 15 بعداً أو قطاعاً، للأمن، من ضمنها الأمن السيبراني[2].

وقـد أخـذت فكـرة التهديـدات اللامتماثلـة، التـي تجسـدها مجموعـة مـن الفاعلـين سـواء أكانـوا دولاً أو مـن غـير الـدول، تحتـل مكانـاً رئيسـياً في السـياق الاسـتراتيجي بعـد الحـرب البـاردة. بيـد أن دراسـة الأمـن السـيبراني لاتـزال متأثـرة بالثـورة التكنولوجيـة المسـتمرة، والتـي تشـكلها الولايـات المتحـدة عملياً وفكريـاً؛ فما برح الدارسون يناقشون مضامينها بالنسبة إلى العلاقات الدولية والأمن[3].

بعبـارة محـددة، فـإن دراسـة الأمـن السـيبراني تأثـرت بالثـورة الرقميـة والثورة الصناعيـة الرابعـة. فقـد مـر العـالم والاقتصـاد الـدولي بأربـع مراحـل أساسـية منـذ نهايـة القـرن الثامـن عـشر، بـدأت مـع انطـلاق الثـورة الصناعيـة الأولى، المعروفـة بثـورة البخـار، وتلتهـا الثـورة الصناعيـة الثانيـة، التـي دشـنت الإنتـاج الكبـير مدعومـاً بالطاقـة الكهربائيـة، في بدايـة القـرن العشريـن. أمّـا المرحلـة الثالثـة، فقـد اختبرهـا العـالم مـع بدايـة سـبعينيات القـرن المنـصرم، وهـي مرحلـة الثـورة الرقميـة. وأخـيراً، ولـج الاقتصـاد الـدولي في مرحلـة الثـورة الصناعيـة الرابعـة منـذ بدايـة العقـد المنصرم. وتقـوم الثـورة الصناعيـة الرابعـة عـلى اندمـاج التكنولوجيـا عـبر المجـالات الماديـة والرقميـة والبيولوجيـة، وعـلى النظـم الإلكترونية-الماديـة Cyber-physical Systems، التـي تُدمـج العـالم الحقيقـي والعـالم الافـتراضي. وتُمثـل الثـورة الرابعـة تغيـيراً جذريـاً

1. Barry Buzan, Ole Wæver and Jaap de Wilde, Security: A New Framework for Analysis (London: Lynne Rienner Publishers, 1997).

2. Prabhakaran Paleri, National Security: Imperatives and Challenges (New Delhi: Tata McGraw-Hill, 2008).

3. Barry Buzan and Lene Hansen, The Evolution of International Security Studies (Cambridge: Cambridge University Press, 2009).

في البيئة التي نعيش فيها، والطريقة التي نعمل بها، والوسائل التي يرتبط بها بعضنا ببعض. ومن أهم معالمها: الذكاء الاصطناعي، إنترنت الأشياء وإنترنت الخدمات، الروبوتات، البيانات الضخمة، الواقع الافتراضي والواقع المعزز، تقنية سلسلة الكتل أو منصة التعاملات الرقمية (بلوك تشين)، وتقنية الطباعة الثلاثية الأبعاد وغيرها[4].

وفي هذا المضمار، فإن الإمارات كانت من أوائل دول الشرق الأوسط وشمالي أفريقيا اهتماماً بالثورة الصناعية الرابعة. فقد أصدرت الإمارات استراتيجيتها للذكاء الاصطناعي في أكتوبر 2017، وأسست وزارة للذكاء الاصطناعي هي الأولى من نوعها، وأنشأت مركز فكر للذكاء الاصطناعي في أبوظبي (جامعة محمد بن زايد للذكاء الاصطناعي). وتُعد التجربة الإماراتية في استخدام تقنيات الذكاء الاصطناعي لمواجهة انتشار جائحة «كوفيد-19» نموذجاً يستحق الدراسة واستخلاص الدروس منه[5]. كما أنّ مبادئ الخمسين (سبتمبر 2021) تجعل التفوق الرقمي والتقني والعلمي أساس التنمية في الدولة خلال الخمسين عاماً المقبلة. وعليه، فإنّ المبادرات والخطط التنموية في قابل الأيام ستأخذ ذلك عنصراً أساسياً لمخرجاتها لتتوافق مع هذا الطموح الإماراتي. وقد تبنت حكومة دولة الإمارات تقنية التعاملات الرقمية (بلوك تشين) في تنفيذ المعاملات الحكومية منذ العام 2018. وقبلها تم تأسيس المجلس العالمي للتعاملات الرقمية، في متحف المستقبل، بهدف استكشاف وبحث التطبيقات الحالية والمستقبلية لها والعمل على تنظيم التعاملات الرقمية عبر منصات تكنولوجيا البلوك تشين[6].

---

4. K. Schwab (2017). The Fourth Industrial Revolution. Publisher: Currency (January 3, 2017).

5. «محمد بن راشد يطلق استراتيجية الإمارات للذكاء الاصطناعي»، الإمارات اليوم، 17 أكتوبر 2017، https://bit.ly/3Lq5WyG

6. غوى أسعد، «مبادرات "الإمارات" تجذب الأنظار.. هل ستصبح المركز العالمي للبلوكتشين والعملات الرقمية؟»، 18 يوليو 2022، https://bit.ly/3dmVRGf

وتأكيداً على ريادة دولة الإمارات في واحدٍ من أهم المكونات الأساسية للثورة الصناعية الرابعة، وهو الذكاء الاصطناعي؛ تصدرت الدولة منطقة الشرق الأوسط وشمالي أفريقيا، وفقاً لتقرير التنافسية العالمية للعام 2021، ولاسيما في مجال التنافسية الرقمية. وفي أحدث تقارير المؤشر العالمي للذكاء الاصطناعي الصادر عن مؤسسة تورتويس، جاءت الإمارات في مقدمة دول العالم في الاستراتيجيات الحكومية المتعلقة بالإنفاق والاستثمار في تقنيات الذكاء الاصطناعي، وحلت تاسعاً في معيار تطوير الأنظمة الأساسية والخوارزميات التي تعتمد عليها مشاريع الذكاء الاصطناعي المبتكرة. وفي مؤشر المدن الذكية للعام 2021، تصدرت أبوظبي ودبي منطقة الشرق الأوسط وشمال أفريقيا. والأهم من ذلك هو إسهام مسبار الأمل في عالم البيانات الضخمة، عن كوكب المريخ، بما يخدم التطلعات الإنسانية في استكشاف إمكانية الحياة هناك. ولم تكتف الإمارات بالوصول إلى المريخ، بل أعلنت عن المضي قدماً في سبر أغوار الكون من حولنا، عن طريق خطة طموحة لاستكشاف الزهرة وحزام الكويكبات في مجموعتنا الشمسية، تبدأ في عام 2028 وتنتهي عام 2033.[7]

في هذا الإطار، تحاول الدراسة إلقاء الضوء على تطور مفهوم «الأمن السيبراني»، وتحليل الاتجاهات المتباينة في تصوره، واستقراء سبل مواجهة التهديدات السيبرانية، أو بالأحرى تقليل آثارها، وبحث مبادرة «النبض السيبراني» الإماراتية في سياق محاولات الدول والمجتمعات تأمين فضائها الإلكتروني. وعليه، فإن هذه الدراسة تنقسم إلى المحاور الآتية:

أولاً- الأمن السيبراني: تطور المفهوم واتجاهات دراسته

ثانياً- مهددات الأمن السيبراني

---

7. محمد عمر عبد الله، «الإمارات والابتكار: قاطرةٌ ومقطورة»، جريدة الاتحاد، 13 مارس 2022.

ثالثاً- كيفية مواجهة التهديدات السيبرانية

رابعاً- مبادرة «النبض السيبراني».. دراسة حالة

وفيما يلي نفصل القول في هذه المحاور تباعاً:

أولاً- الأمن السيبراني: تطور المفهوم واتجاهات دراسته

ظهر مفهوم الأمن السيبراني في أواخر الثمانينيات، في الولايات المتحدة، ثم انتقل إلى الدول الأخرى في أواخر التسعينيات. ولكن استخدامه الحالي حديث نسبياً؛ حتى أن الممارسين المختصين بالأبعاد التقنية للأمن السيبراني لم يُعرِّفوا أنفسهم بوصفهم مختصين بالأمن السيبراني إلا في سنة 2000، عندما شرعت وثائق السياسة الوطنية تستخدم المصطلح[8]. وبحكم النشأة، وبحكم أنها القوة الدافعة لثورة المعلومات والاتصالات، تولت الولايات المتحدة تشكيل التصورات عن التهديدات السيبرانية وسبل مواجهتها، مع اختلافات قليلة في الدول الأخرى[9].

والحقيقة أنه لا يوجد اتفاق بين الدارسين والممارسين على تعريفٍ محدد للأمن السيبراني. ومع ذلك، يُشير المفهوم، في أوسع معانيه، إلى «وسائل حماية المجتمع وبنيته التحتية المعلوماتية الحيوية والدفاع عنها، وطريقة لمتابعة سياسة وطنية ودولية من خلال وسائل التكنولوجيا والمعلومات»[10]. بعبارةٍ أخرى، يُعرف الأمن السيبراني بوصفه عملية حماية للأنظمة والشبكات والبرامج ضد الهجمات الرقمية أو السيبرانية، ومن أي مشكلة أو عائق أو هجمات إلكترونية تحول دون أداء عملها.

---

8. Tim Stevens, "Global cyber security: New Directions in Theory, Politics and Governance," vol. 6, no. 2, 2018, p. 2.

9. Thomas A. Johnson, "Historical Reference Points in the Computer Industry and Emerging Challenges in Cybersecurity," in Thomas A. Johnson (ed.), Cyber Security, Protecting Critical Infrastructures from Cyber Attack and Cyber Warfare (New York: CRC Press Taylor & Francis Group, 2015).

10. Stevens, "Global cyber security," op. cit., p. 3.

وفي الواقـع، قـد يختلـط مفهـوم الأمـن السـيبراني مـع مفاهيـم أخـرى متشـابهة؛ مثـل أمـن البيانـات، وأمـن الحاسـوب، وأمـن الشـبكات، وأمـن المعلومات[11]. ولذلك، لابد من التمييز بينها.

يشـير مفهـوم أمـن البيانـات إلى مجموعـة مـن المعايـير والتقنيـات التـي تحمـي البيانـات مـن التدمـير أو التعديـل أو الكشـف المتعمـد أو العـرضي. ويمكـن تطبيـق أمـن البيانـات باسـتخدام مجموعـة مـن الأسـاليب والتقنيـات، بمـا في ذلـك الضوابـط الإداريـة، والأمـن المـادي، والضوابـط المنطقيـة، والمعايـير التنظيميـة، وتقنيـات الحمايـة الأخـرى التـي تحـدّ مـن وصـول المسـتخدمين غـير المـصرح لهـم وتحد من العمليات الخبيثة.

أمـا أمـن الحاسـوب فهـو أداة رئيسـية في حفـظ المعلومـات وتداولهـا. ومـع زيـادة أهميتـه بـرزت الحاجـة إلى حمايـة سريـة المعلومـات التـي يتضمنهـا مـن خـلال إجـراءات معينـة داخلـه. ومـن هنـا، ظهـر مفهـوم «أمـن الحاسـوب». ويقصـد بأمـن المعلومـات Information Security التدابـير التـي تتخذهـا أي مؤسسـة لتأمـين بياناتهـا ومعلوماتهـا مـن دخـول غـير المـصرح لـه أو اسـتخدامها أو إفشـائها أو تعطيلهـا أو التعديـل عليهـا، أو بتعبـير آخـر مراقبـة أي تغـير يطـرأ عـلى تلـك البيانـات، سـواء بقصـد أو دون قصـد. وأخـيراً، يمكـن تعريـف أمـن الشـبكات Network Security بأنـه عمليـة اتخـاذ التدابـير الماديـة والرقميـة مـن أجـل حمايـة البنيـة التحتيـة للشـبكات المعنيـة مـن الدخـول غـير المـصرح أو اسـتخدامها أو إفشـائها أو تعطيلهـا أو التعديـل عليهـا، ومـن ثـم إنشـاء بيئـة آمنـة لجميـع الأجهـزة التـي تعمـل في إطـار نفـس الشـبكة لـكي تـؤدي جميـع وظائفهـا دون الخـوف مـن محاولـة تسـلل أي عناصر غير مرغوبة إلى الشبكة.

---

11. Myriam-Dunn Caveltry, “Cyber-Security,” In Alan Collins (ed.), Contemporary Security Studies, 5th edition (Oxford: New York: Oxford University Press, 2019), p. 363; 67;

«أمن البيانات»، ريناد المجد لتقنية المعلومات (RMG)، 2022، https://bit.ly/3DAbmoJ .

وهـذا يعنـي أن أمـن المعلومـات معنـي بحمايـة البيانـات وسريتهـا، بينـما أمـن الشـبكات معنـي بحمايـة الشـبكة التـي تعمـل مـن خلالهـا الأجهـزة. وبهـذا يمكـن القـول إن أمـن الشـبكات يمثـل مجموعـة فرعيـة مـن أمـن المعلومـات، وعـلى الرغـم مـن ذلـك فسـتجد تلـك المفاهيـم تسـتخدم مـع بعضهـا البعـض والتـي في النهايـة تخـدم سريـة بيانـات الـشركات وحمايتهـا مـن أي هجـمات سـيبرانية. وهنـا يظهر مصطلح جديد في عالم حماية البيانات؛ أعني الأمن السيبراني.

إذن الفـرق بـين أمـن المعلومـات والأمـن السـيبراني أن أمـن المعلومـات معنـي بحمايـة المعلومـات جميعهـا، سـواء كانـت رقميـة أو غـير رقميـة، بينـما يسـتهدف الأمـن السـيبراني حمايـة أمـن المعلومـات الرقميـة فقـط؛ لذلـك فـإن أيـاً منهـما لا يغنـي عـن الآخـر، بـل عـلى العكـس، تحتـاج أي شركـة للاسـتثمار في كل منهـما في سـبيل ضـمان أمـن جميـع البيانـات ضـد أي اخـتراق أو سرقـة أو تسريـب. وهـو أحـد أشـكال التحكـم في الوصـول والتـي تسـتهدف فحـص حركـة المـرور عـبر جـزء مـن الشبكة، واتخاذ قرارات بشأن ما يجب السماح بمروره وما الذي يجب حظره[12].

ويعـد مفهـوم الأمـن السـيبراني أوسـع مـن أمـن المعلومـات، إذ يتضمـن تأمـين البيانـات والمعلومـات التـي تُتـداول عـبر الشـبكات الداخليـة أو الخارجيـة، والتـي يتـم تخزينهـا في خـوادم داخـل المنظـمات أو خارجهـا، مـن الاختراقـات[13]، ويهتـم بعمليـة وضـع المعايـير والإجـراءات لمنـع الاسـتخدامات غـير السـلمية للفضـاء السـيبراني، ومـا يمثلـه ذلـك مـن تهديـد للأمـن العالمـي والبنيـة التحتيـة التكنولوجيـة للمعلومات[14].

12. الباحثون السوريون، «الفرق بين أمن المعلومات وأمن الشبكات»، د.ت. https://2u.pw/XqNll.

13. فاطمة عبدالله الدربي، ما هو الأمن السيبراني؟، البيان، 17 أغسطس 2022. https://www.albayan.ae/1.3306846

14. عبدالغفار عفيفي الدويك، «مستقبل الصراع السيبراني العالمي في القرن الـ 21،» السياسة الدولية، المجلد 53، العدد 214، أكتوبر 2018.

والحقيقة أن المناظرة عن الأمن السيبراني تأثرت تأثراً كبيراً بالسياق الاستراتيجي الذي أعقب نهاية الحرب الباردة، من نواحٍ عدة. فمن ناحية، أدت نهاية الحرب الباردة، مثلما سبقت الإشارة، إلى تقليل جاذبية المدرسة التقليدية في الدراسات الأمنية بتركيزها على الأمن العسكري والدولة، وإعطاء دفعة لجهود الموسعين والمعمقين لمفهوم الأمن الذين قادت جهودهم لا إلى الاعتراف بالأمن السيبراني بوصفه قطاعاً من قطاعات الأمن وحسب، ولكن إلى أمننة Securiti-zation هذا القطاع الحيوي كذلك. ومن ناحيةٍ أخرى، فإن الأمن السيبراني من ضمن هذه القطاعات الأمنية التي تصور السياق الاستراتيجي بعد الحرب الباردة أحسن تصوير؛ إذ لم تعد الدولة هي الفاعل الوحيد أو حتى الأكثر تأثيراً في السياسة الدولية، وإنما زاحمها ونافسها فاعلون دوليون آخرون من غير الدول، إذ لم تعد التهديدات العسكرية بمفهومها الجيوسياسي والاستراتيجي هي أكثر ما يُهدد الأمن القومي للدول، وإنما نشأت مهددات أخرى، أخطرها غير المرئي منها، والذي يصعب تحديد مصدره أو فاعله، وهي التهديدات السيبرانية[15].

ويلاحظ أن خطاب الأمن السيبراني لم يكن جامداً قط؛ لأن الأبعاد التكنولوجية لثورة المعلومات متطورة باطراد. كما أن انتشار التطورات التقنية في القطاعات والمجالات المجتمعية المختلفة أدى إلى تغيير موضوع التهديد referent object، كما سيتضح لاحقاً. ولكن الاهتمام بالأمن السيبراني تجاوز البعد التقني الخالص ليشمل أبعاداً أخرى؛ ثقافية واجتماعية واقتصادية وعسكرية.

على أي حال، يمكن تلخيص تطور الأمن السيبراني في أربعة اتجاهات مترابطة، في كلٍ منها فاعلون رئيسون، ولكلٍ تصوره عن التهديدات، وكلٌ منها يحدد موضوعاً أو موضوعات للتهديد. وهذه الاتجاهات هي: الاتجاه التقني، واتجاه الجريمة والتجسس، واتجاه الدفاع العسكري-المدني، واتجاه الأمننة.

---

15. Caveltry, Cyber-Security, p. 403.

1. الاتجاه التقني:

يركز الاتجاه التقني على أجهزة الكومبيوتر وتعطيل الشبكات واختراقات النظم وهجمات الحرمان من الخدمة، التي تسببها أنواع متباينة من البرامج الضارة أو الخبيثة malware (الفيروسات والديدان وأحصنة طروادة وغيرها). وكانت البداية في عام 1988، إذ أدت دودة موريس Morris Worm، التي تُنسب إلى الطالب الأمريكي دارس الحاسوب، روبرت موريس، وأفضت إلى تعطيل أجزاء كبيرة من النسخة الأولى للإنترنت. وكان لهذه الدودة تأثير نفسي كبير؛ لأنها جعلت الناس يدركون أن شبكة الإنترنت ليست تكنولوجيا آمنة ولا يمكن الوثوق بها[16]. ومنذ ذلك الحين، ظلت البرامج الضارة أو الخبيثة في دائرة الضوء في خطاب الأمن السيبراني، بوصفها دليلاً واضحاً على المخاطر الأمنية المستمرة التي تهدد البنية التحتية المعلوماتية.

والحقيقة أن تاريخ البرامج الضارة أو الخبيثة هو مرآة للتطور التكنولوجي. فنمط البرنامج الضار، ونوعية الأهداف، واتجاهات الهجمات السيبرانية كلها تغيرت مع تطور التكنولوجيا ووضعية الإجراءات التقنية المضادة. وهذا الاتجاه مستمر إلى اليوم. ويلاحظ أن البرامج الضارة المتقدمة هي قصدية فقرصان الحاسوب أو الهاكر ينتقي ضحيته، ويحدد نطاقات دفاعه، ثم يُصمم برنامجاً خبيثاً لاستهدافه والالتفاف حوله.

وفي هذا الإطار، تشهد هجمات فيروسات الفدية ازدهاراً كبيراً، حيث رفع العالم في عام 2017 حالة الاستعداد والتأهب تحسباً من أكبر موجة قرصنة عرفتها الدول حديثاً. ففيروس الفدية Ransomware أو WannaCry الذي اجتاح أكثر من 150 دولة حول العالم، وأوقع 200 ألف ضحية، هي بشكل رئيسي من الشركات في 150 بلداً على الأقل، وصفه المكتب الأوروبي لأجهزة الشرطة الأوروبية

16. Caveltry, Cyber-Security, p. 403.

«اليوروبـول» بغـير المسـبوق[17]. وفي الولايـات المتحـدة وحدهـا، ارتفعـت نسـبة هـذا النـوع مـن الاعتـداءات السـيبرانية %200 بـين عامـي 2019 و2021. ومع أن فيروسـات الفديـة تحولـت إلى تهديـدٍ جـدي، يتفاجـأ الكثـيرون مـن أصحـاب الـشركات عندمـا يقعـون ضحيـة لهـا[18]. ومـن أهـم الأمثلـة عـلى ذلـك فـيروس ستاكسـنت، الـذي اتُّهِمـت الحكومتـان الأمريكيـة والإسرائيليـة بتصميمـه عـام 2010، بغـرض التجسـس عـلى أجهـزة الطـرد المركـزي في البرنامـج النـووي الإيـراني وتعطيلهـا أو تخريبهـا؛ مـا مثـل نقلـة نوعيـة مهمـة في تطويـر الأسـلحة السـيبرانية واسـتخدامها[19]. ومـن هنـا يتضـح الارتبـاط بـين هـذا الاتجـاه التقنـي للأمـن السـيبراني، والاتجـاه الـذي يركـز على الدفاع العسكري-المدني، على النحو الذي سنوضحه لاحقاً.

وفي 24 فبرايـر 2022، أدى هجـوم إلكـتروني اسـتهدف خدمـة الإنترنـت عـبر الأقـمار الصناعيـة (KA-SAT) إلى تعطيـل الاتصـالات العسـكرية الأوكرانيـة. وقـد حـذرت وكالـة الأمـن السـيبراني الوطنيـة الإيطاليـة مـن أن غـزو روسـيا لأوكرانيـا سـيزيد مـن «المخاطـر الإلكترونيـة التـي تتعـرض لهـا الـشركات الإيطاليـة التـي لهـا علاقـات مـع مشـغلين في الأراضي الأوكرانيـة». واسـتهدفت هجـمات إلكترونيـة وزارتي الدفـاع والداخليـة البلجيكيتـين في 19 يوليـو 2022 وقـد تورطـت فيهـا عـدة مجموعـات قرصنـة، ولاسـيما مجموعـات تنشـط تحـت مسـمى ("أدفانسـد برزيسـتنت ثريـت" Advanced Persistent Threat APT "خطـر متقـدم ومسـتمر»). كـما أكـدت وزارة الدفـاع البريطانيـة في 26 أبريـل 2022 إنهـا تحقـق في اخـتراق روسي لأنظمـة الكمبيوتـر التابعـة لهـا اسـتهدف أكـثر مـن 100 مجنـد في الجيـش. لقرصنـة أتاحـت الكشـف بشـكل غـير قانـوني عـن هويـات 124 مرشـحاً يرغبـون في الالتحـاق بالجيـش. وحـذرت كل مـن الولايـات المتحـدة والمملكـة المتحـدة

17. «ما هو فيروس الفدية الذي غزا العالم؟»، قناة العربية، 15 مايو 2017، https://bit.ly/3ShwCnE

18. ««فيروسات الفدية» ... معضلة كبرى تتطلب جهوزية عالية»، الشرق الأوسط، 21 يونيو 2022، https://bit.ly/3dnjTRr

19. أنمـار مـوسى جـواد، «حـرب الفضـاء الإلكـتروني: المفهـوم، الأدوات والتطبيقـات»، **مجلـة العلـوم القانونيـة والسياسـية**، كليـة القانون والعلوم السياسية، جامعة ديالى، المجلد 5، العدد 2، 2016.

وأستراليا وكندا ونيوزيلندا التي تشكل تحالف "العيون الخمس" Five Eyes، مؤخراً من أن لدى أجهزتها الاستخباراتية معلومات تفيد بأن روسيا تستعد لشن هجمات إلكترونية واسعة النطاق ضد حلفاء أوكرانيا.[20]

ومع مرور الوقت، أصبحت البرامج الضارة أو الخبيثة أكثر تعقيداً وأشد ارتباطاً بالمقاصد الإجرامية بشكل واضح. ومن هنا يتبين الارتباط الوثيق بين هذا الاتجاه التقني للأمن السيبراني والاتجاه الذي يركز على الجرائم السيبرانية. وتعد أكثر البرامج خطورة، في هذا الصدد، تلك الموجهة إلى هدفٍ محدد لإحداث تأثير كبير. ومع ذلك، فإن معظم الهجمات السيبرانية يظل غير معقد إلى حدٍ ما، ويستهدف المشروعات الصغيرة والمتوسطة والتي تكون أقل إدراكاً لأهمية أمن المعلومات الإلكترونية و/ أو الاستثمار فيها[21].

أما موضوعات التهديد الرئيسية التي يُركز عليها الاتجاه التقني فتتمثل في أجهزة الحاسوب والشبكات الإلكترونية. ويتمثل الفاعلون الأساسيون المنوط بهم مواجهة هذه التهديدات في خبراء الحاسوب وصناعة مضادات أو مكافحة الفيروسات. ومنذ تبلور الهجمات السيبرانية في أواخر الثمانينيات، طور خبراء الحاسوب إجراءات مضادة كثيرة، لعل أبرزها إنشاء مركزٍ للتنسيق لفريق الاستجابة للطوارئ الحاسب الآلي، الذي تم إنشاؤه أولاً في الولايات المتحدة الأمريكية في ثمانينيات القرن الماضي، ثم انتشرت مراكز مماثلة له في مختلف أنحاء العالم، ومنها دولة الإمارات العربية المتحدة. كما طورت شركات مكافحة الفيروسات الإلكترونية تقنيات وبرامج لاكتشاف الفيروسات وتدميرها أو منعها[22].

---

20. المركز الأوروبي لدراسات مكافحة الإرهاب والاستخبارات، مخاطر الهجمات السيبرانية على أمن أوروبا، 15 أغسطس 2022، https://bit.ly/3Sbygaa

21. Caveltry, Cyber-Security, p. 406.

22. Amidror Yaakov, Cyberspace, the Final Frontier, BESA Center Perspectives Paper No. 360, August 30, 2016.

2. اتجاه الجريمة-التجسس:

يهتم هذا المنظور بظاهرة الجريمة السيبرانية والتجسس السيبراني. وعلى الرغم من أن الجرائم السيبرانية تحركها أساساً الدوافع والاعتبارات الاقتصادية، فإن التجسس السيبراني جريمة سياسية بالأساس، ولاتزال مثار قلق عند المسؤولين الرسميين حول العالم.

وتُعد الجريمة السيبرانية شكلاً متطوراً من أشكال الجريمة عبر الوطنية، وقد تزايد ضلوع جماعات الجريمة المنظمة فيها، وعادة ما تكون فيها الحوادث ذات دوافع مالية. ويمكن لمرتكبي الجرائم السيبرانية وضحاياهم أن يكونوا موجودين في مناطق مختلفة، ويمكن لآثار الجريمة أن تمتد عبر المجتمعات، في جميع أرجاء العالم؛ ما يبرز الحاجة إلى معالجة عاجلة وديناميكية ودولية23. وبمرور الوقت، أصبح المجرمون السيبرانيون منظمين للغاية، ويعملون في سوق سوداء مكرسة للجريمة السيبرانية. ويعد التجسس (Spying)) قديماً في تاريخ البشرية، غير أن كلفة التجسس السيبراني قليلة بالنسبة إلى الدول والفاعلين من غير الدول، ويقدم هذا الضرب من التجسس معلومات دقيقة ومفصلة عن المنافسين والخصوم. ويتم استخدام المعلومات المسروقة لأهداف عدة منها: الترهيب، والابتزاز، وتجنب مناورات الخصوم أو تعطيلها، ... إلخ24.

وتتمثل موضوعات التهديد الرئيسية في الاتجاه المعني بالجريمة والتجسس في شبكات الأعمال الإلكترونية والشبكات الحكومية (المعلومات السرية). أما الفاعلون الأساسيون الذين يتولون عمليات المكافحة هنا فهي أجهزة إنفاذ القانون وأجهزة الاستخبارات، ويقوم قانون تقنية المعلومات (أو

23. مكتب الأمم المتحدة الإقليمي المعني بالمخدرات والجريمة للشرق الأوسط وشمال أفريقيا، الجريمة السيبرانية، د.ت. مستخرج بتاريخ 20 أغسطس 2022، https://www.unodc.org/romena/ar/cybercrime.html

24. David A. Zaharias, Applying Deterrence Concepts to The Cyber Realm, (master thesis), ProQuest, February 2016.

بعبارة أكثر تحديداً قانون الإنترنت أو القانون السيبراني) بدورٍ أساسي في تنظيم عمل هذه الأجهزة في كل دولة؛ لأنه يسمح بتعريف الانتهاكات وتحريك الادعاء العام ضد المخالفين. ولم يكن غريباً أن يُواكب تطوير وسائل قانونية لتحريك الدعوى على أي دخول غير مصرح به إلى أجهزة الكومبيوتر، أول حوادث شبكات المعلومات الخطرة في عام 1988، على نحو ما أسلفنا الإشارة إليه25.

وتظهر ضمن هذا السياق مشكلة الإسناد attribution؛ بمعنى عزو الهجمات الإلكترونية إلى مرتكبيها أو مصادرها، وهو ما سنتعرض له لاحقاً. والواقع أن تزايد الهجمات السيبرانية على المؤسسات الحكومية؛ بغرض سرقة معلومات حساسة أو نشرها أو التلاعب بها، عن طريق استهداف المواقع الإلكترونية لهذه المؤسسات، قد عمق الشعور بعدم الأمان السيبراني لدى تلك الدوائر الحكومية26.

3. اتجاه الدفاع العسكري-المدني:

يهتم اتجاه الدفاع العسكري-المدني بالحروب السيبرانية والإرهاب السيبراني وحماية البنية الحيوية للدولة. وكانت حرب الخليج لعام 1991 أول حرب دشنت جيلاً جديداً من صراعات العصر المعلوماتي، وفيها تحتاج القدرات العسكرية المادية (حتى وإن كانت كافية)، إلى أن تكملها القدرة على كسب حرب المعلومات وتأمين الهيمنة المعلوماتية. وبعدها، تم تطوير مصطلح «حرب المعلومات» أو «الحرب السيبرانية» الذي أطلقته المؤسسة العسكرية الأمريكية27.

وليس هناك من إجماع واسع على تعريف واضح ومحدد لمفهوم

25. Caveltry, "Cyber-Security," op. cit., p. 407-9.

26. Christopher Whyte, "Crossing the Digital Divide: Monism, Dualism and the Reason Collective Action is Critical for Cyber Theory Production," Politics and Governance, vol. 6, no. 2, 2018.

27. Ibid.

الحرب السيبرانية، وعلى الرغم من ذلك، فقد اجتهد عدد من الخبراء ضمن اختصاصاتهم في تقديم تعريف يحيط بهذا المفهوم، فعرف كل من «ريتشارك كلارك» و«روبرت كناكي» الحرب الإلكترونية بأنها «أعمال تقوم بها دولة تحاول من خلالها اختراق أجهزة الحاسوب والشبكات التابعة لدولة أخرى بهدف إحداث أضرار بالغة بها أو تعطيلها»28.

وقد تم اختبار مبدأ حرب المعلومات الأمريكي لأول مرة في حرب كوسوفا عام 1999؛ حيث شنت القوات الجوية لدول الناتو هجمات جوية على صربيا. وقد كانت تلك الحرب أول صراع مسلح يمتلك فيه كل أطرافها، بمن فيهم المنخرطون فيها بطريقة غير مباشرة، حضوراً افتراضياً online فعالاً، وفيها استخدمت الإنترنت بفعالية لتبادل المعلومات المتصلة بالصراع ونشرها. ومن هنا، استُخدم مصطلح الحرب السيبرانية ليشير إلى أي نمطٍ من الصراع ذي مكون سيبراني. وبما أن الحروب بين الدول سوف تجري في الفضاء الإلكتروني، ضمن فضاءات أخرى، فقد اقترح الباحثون أن المصطلح الأكثر ملاءمة هو الصراعات السيبرانية29.

أما الإرهاب السيبراني، فتعود بداية استخدامه إلى فترة الثمانينيات في القرن الماضي، في روايات الخيال العلمي30، **ويُقصد به** «استخدام أدوات شبكات الحاسوب في تعطيل البنية التحتية الوطنية الحيوية، مثل الطاقة والنقل والعمليات الحكومية، وترويع حكومة ما أو مدنيين وترهيبهم»31؛ في سبيل تحقيق أهداف سياسية أو دينية أو عقائدية.

---

28. علي حسين باكير، «الحروب الإلكترونية في القرن الحادي والعشرين»، مركز الجزيرة للدراسات، 7 ديسمبر 2010.

29. Caveltry, "Cyber-Security," op. cit., p. 410.

30. Ashraf Gobran, Cyber terrorism threats, Faculty of Utica College, May 2015.

31. James A. Lewis, Assessing the Risks of Cyber Terrorism, Cyber War and Other Cyber Threats, Center for Strategic and International Studies, Washington, DC, December 2002.

والواقع أن طبيعة الفضاء الإلكتروني تسمح للجماعات الإرهابية بإخفاء هويتها لتنفيذ الهجمات من دون التعرف عليها، فمن الصعب قياس الهجمات وتحديد مداها ونطاقها. كما مثلت التكنولوجيا فرصة للجماعات الإرهابية لاستغلال أعدائها ومهاجمتهم من خلال هجمات الحرمان من الخدمة لمواقع الإنترنت، وتعطيل البنية التحتية الحيوية32.

وتبرز أهمية حماية البنية الحيوية بسبب الاعتماد المتزايد من جانب المؤسسة العسكرية، والمجتمع بصفة عامة، على البنية التحتية المعلوماتية، وقد أصبح الفضاء الإلكتروني المكان الملائم لشن هجمات لاتماثلة ضد البنية التحتية الحيوية المدنية والعسكرية. وهكذا، فإن موضوعات التهديد الرئيسية في اتجاه الدفاع العسكري-المدني تتمثل في الشبكات العسكرية أو شبكات القوات المسلحة والبنية أو المعلومات الحيوية. أما الفاعلون الأساسيون هنا فهم خبراء الأمن القومي والمؤسسة العسكرية وهيئة الدفاع المدني.

4. اتجاه الأمنَنَة

يهتم هذا الاتجاه بتحويل قضية التهديدات السيبرانية إلى قضية أمن قومي. ويتمثل الفاعلون الرئيسون في هذا الاتجاه في صانعي القرار الرئيسيين أو القيادة السياسية. وتتمثل الموضوعات المستهدَفة بالتهديد في الأمن القومي للدولة ومؤسساتها وأجهزتها الحيوية.

وقد استفاد أنصار هذا الاتجاه من نظرية الأمننة، التي طورتها مدرسة كوبنهاجن في الدراسات الأمنية. وظهرت النظرية لأول مرة في الأعمال المبكرة لـ "أولي ويفر»، عام 200333. بالنسبة إلى ويفر، يعد تحديد المشكلة

32. Gobran, Cyber terrorism, op. cit.

33. Ole Wæver, "Securitisation: Taking stock of a research programme in Security Studies." Unpublished draft, 2003. pp. 1-36.

الأمنيـة الخطـوة التأسيسـية الأولى لحـدوث الأمننـة. إذ يتـم تحديـد المشـكلة الأمنيـة مـن قِبَـل الدولـة، وبالتحديـد مـن النخـب أو أصحـاب السـلطة34. فهـؤلاء يجـدون أنـه مـن مصلحتهـم إكسـاب بعـض المشـكلات دون الأخـرى طابعـاً أمنيـاً، وذلـك حتـى تسـتطيع هـذه النخـب المطالبـة بشرعيـة اسـتخدام الوسـائل الاسـتثنائية لحمايـة القيـم المهـددة والحفـاظ عـلى بقائهـا. ولهـذا، يُعـرف الأمـن بأنـه القـدرة عـلى إضفـاء الطابـع الأمنـي عـلى مشـكلة أو قضيـة لم تكـن تُعـد أَمنَيّة قبـل الحديـث عنهـا. والواقـع أن إضفـاء الطابـع الأمنـي عـلى قضيـة مـا (التهديدات السـيبرانية، في حالتنـا) يتطلـب أولاً وقبـل كل شيء أن توجـه النخبـة الحاكمـة أو القيـادة السياسـية خطابـاً إلى الشـعب أو الجمهـور بـأن قضيـة مـا أصبحـت عـلى قـدر كبـير مـن الـضرورة والإلحـاح، مـا يتطلـب توظيـف إجـراءات اسـتثنائية لمعالجتهـا، أي إنهـا أضحـت قضيـة أمنيـة. فـإذا حـاز هـذا الخطـاب قبـول الجمهور، اعتُمـدت تلـك القضيـة واكتسـبت طابعـاً أمنيـاً. وهكـذا يصبـح الهـدف الأسـاسي للأمننـة هـو تشريـع اسـتعمال الإجـراءات الاسـتثنائية، فبمجـرد ذكـر مـا هـو الموضـوع الأسـاسي المعـرّض للتهديـد، فـإن ادعـاءات تأمينـه تعطـي السـلطة الحـق في اسـتعمال الإجـراءات الاسـتثنائية لتأمـين بقائـه. والعكـس صحيـح، وبذلـك فالأمننـة فعـل خطـابي أو خطـاب توجهـه النخبـة (النخبـة الحاكمـة التنفيذيـة أو التشريعيـة، أو غيرهـا مـن السـلطات الفاعلـة بالدولـة) للجمهـور بالدرجـة الأولى. ويُشـترط في هـذا الخطـاب أن يحظـى بالقبـول الواسـع مـن المجتمـع حتـى يمكـنَ اعتبارُ قضيةٍ مَّا قضيةَ أمنٍ قومي35.

وهكـذا، يعمـد أنصـار هـذا الاتجـاه إلى أمننـة التهديدات السـيبرانية، ولاسـيما المتعلقة بالحرب والإرهاب في الفضاء الإلكتروني.

34. Ole Wæver, and Ronnie D. Lipschutz, "Securitization and Desecuritization." On Security, New York: Columbia University Press, 1995. pp 46-86.

35. Wæver & Lipschutz, "Securitization and Desecuritization", 1995.

ثانياً- مهددات الأمن السيبراني:

1. ما هي التهديدات السيبرانية؟

التهديدات السيبرانية هي شكل من أشكال الجرائم أو التهديدات الإلكترونية الرقمية التي تتم عبر شبكة الإنترنت، فهي تكون بشكل رئيسي عبر أجهزة الحواسيب من خلال عملية فضح أي نظام معلوماتي إلكتروني أو تغييره أو تعطيله أو تدميره أو سرقته. لذلك فهي نوع من أنواع الهجمات الإلكترونية الرقمية التي تتم بأسلوب إلكتروني بحت، يتم من خلالها التأثير في نظام بشكل سلبي من خلال تغييره أو تدميره أو محوه أو التشويش على مجريات الأعمال فيه، وقد اختلف مفهوم التهديدات الأمنية في الوضع التقليدي الملموس عن التهديدات السيبرانية المعلوماتية، فالأولى متعلقة بالتهديد الواقعي للأشخاص أو الممتلكات المادية، ولكن التهديدات السيبرانية تتعلق بنظام إلكتروني بحت غير ملموس36. بعبارة أخرى، تُعرف التهديدات السيبرانية بأنها مشكلات استخباراتية وليست تهديدات مادية ملموسة، تعمل على عرقلة الهجمات المادية الملموسة، وهدفها فقدان المعلومات أو تشويهها. ويُنظر إلى التهديدات السيبرانية على أنها تهديدات تؤثر في توافر البيانات والأنظمة وسلامتها وسريتها37. وثمة من ينظر إلى التهديدات السيبرانية على أنها أحد مظاهر «القوة الحادة» Sharp Power للدول. وتشير «القوة الحادة»، وهي المقابلة لمفهوم القوة الناعمة، إلى القدرة على ممارسة النفوذ على الآخرين، باستخدام أدوات التخريب والتحايل والخداع، والتضليل المتعمد باستخدام الإعلام الرقمي، واستخدام التحايل والإغواء والتهويل والتنمر، واستخدام المعلومات المغلوطة، بالإضافة إلى التجسس، والحرب النفسية،

---

36. «أنواع التهديدات السيبرانية؟»، شركة ساير وان، لمزيد من التفاصيل انظر: https://bit.ly/3dsC1ZG

37. Eriksson Johan and Giacomello Giampiero, "Conclusion: Digital-age security in theory and practice," in International Relations and Security in the Digital Age, p-p. 173-184 (Routledge, 2007).

والدعايـة والحـروب الإعلاميـة، وقلـب الحقائـق أو اسـتخدام الحقائـق البديلـة، بالإضافة إلى أدوات الجيل الخامس من الحروب، وأدوات الحرب اللاامتماثلة38.

ويضـاف إلى مـا سـبق أن التهديـدات السـيبرانية تعمـل عـلى اخـتراق أنظمـة التحكـم والأوامـر، وإحـداث أضرار في أنظمـة الطـرف المسـتهدَف وبرامجـه وأجهزتـه وتسـعى لتعطيلهـا عـن العمـل، وغالبـاً مـا تسـتهدف الهجـمات السـيبرانية البنيـة التحتيـة للـدول، ومحاولـة إلحـاق أكـبر الأضرار بهـا، وإصابتهـا بالشـلل التـام، كي تعجـز عـن تقديـم الخدمـات لمواطنيهـا. وتتنـوع الأدوات التـي يتـم مـن خلالهـا تنفيـذ الهجـمات السـيبرانية، إذ تشـمل الفيروسـات أو «الديـدان الإلكترونيـة»، والتطبيقـات السريـة المعروفـة تحـت مسـمى «الأبـواب الخلفيـة» أو برامـج «حجـب الخدمـة» وغيرهـا مـن البرمجيـات الفيروسـية التـي تسـتهدف زعزعـة الهـدف أو شـله أيـاً كان، سـواء أكان فـرداً، أو مجموعـة مـن الأفـراد، أو منظمـة، أو شركـة، أو وكالـة حكوميـة أو هيئة رسمية.39

2. مصدر التهديدات:

عـلى الرغـم مـن أن التهديـدات السـيبرانية أمـر جديـد نسـبياً، فإنـه يتـم اسـتخدامها لتحقيـق أغـراض ممتـدة الجـذور في تاريـخ البشريـة، فالتهديـدات السـيبرانية وسـيلة جديـدة وفرهـا الفضـاء الإلكـتروني للوصـول إلى تحقيـق غايـات قديمـة. ومهـما اختلفـت هـذه التهديـدات (كالجريمـة أو التجسـس أو الحـرب أو

38. Christopher Walker; Shanthi Kalathil and Jessica Ludwig. "The Cutting Edge of Sharp Power". Journal of Democracy 31, no. 1 (January 2020): 124-37.

39. داليـا السـيد، «الهجـمات السـيبرانية.. تهديـد متعاظـم للأمـن والاسـتقرار والاقتصـاد العالمـي»، مجلـة درع الوطـن، 5 يوليـو 2021، https://bit.ly/3CeSDyG

التحريض)، فإن بعضها يتداخل مع بعض40. وفي هذا الإطار، تتنوع الجهات التي تقف وراء ظاهرة تنامي الهجمات السيبرانية على الصعيد العالمي في الآونة الأخيرة، وتشمل ما يلي:41

أ. الدول، التي تمتلك قدرات تقنية وتكنولوجية متطورة تتيح لها توظيفها في القيام بهجمات سيبرانية في مواجهة خصومها سواء لأغراض عسكرية (تدمير منشآت، وقف مشروعات) أو تجسسية؛ كالحصول على معلومات أو إحداث تدمير في البنية التحتية الأساسية، كشبكات الكهرباء والمياه والمواصلات والاتصالات. بمعنى آخر، فإن الجهات التي تقف وراء هجمات البرمجيات الخبيثة لا تشمل فقط «مجرمين يزدادون جرأة، مثل مجموعة كارباناك التي استهدفت مؤسسات مالية لسرقة أكثر من مليار دولار خلال الفترة الممتدة بين 2013- 2018، بل تشمل كذلك دولاً ومهاجمين ترعاهم دول. فعلى سبيل المثال، سرقت كوريا الشمالية حوالي ملياري دولار من 38 بلداً على الأقل في السنوات الخمس الماضية»42.

ب. الفاعلون من غير الدول:

1. التنظيمات بالوكالة: وهي تلك التنظيمات من غير الدول التي تقوم بهجمات سيبرانية نيابة عن دول أخرى؛ فعلى سبيل المثال، في يناير عام 2021، تبين أن الوحدة السيبرانية التابعة لحزب الله، تعرف باسم «سيدار إيه بي تي» اللبنانية، شنت هجمات على مدار أكثر من عام على شركات اتصالات ومزودين لخدمات الإنترنت بالولايات المتحدة، والمملكة المتحدة، وإسرائيل، ومصر،

40. Kristin M. Lord and Travis Sharp, Cyber Insecurities: The 21st Century Threatscape. In Kristin M. Lord & Travis Sharp, America's Cyber Future Security and Prosperity in the Information Age, Volume I, June 2011, pp: 17-20.

41. السيد، الهجمات السيبرانية.

42. تيم مورر وآرثر نيلسون، «التهديد السيبراني العالمي»، مجلة التمويل والتنمية، صندوق النقد الدولي، مارس 2021، ص 25، https://bit.ly/3Qo2eY1

والسعودية، ولبنان، والأردن، وفلسطين، والإمارات. واخترق عملاء «سيدار» اللبنانية الشبكات الداخلية للشركات، مثل شركة فرونتير كوميونيكشنز في الولايات المتحدة، لجمع بيانات حساسة. ولطالما شكلت هجمات مليشيات حزب الله الإلكترونية مصدراً للقلق لدول الشرق الأوسط والغرب43.

2. التنظيمات الإرهابية: لقد صار اهتمام الجماعات الإرهابية منصباً على انتشار الفكرة، وتجنيد العناصر عبر الإنترنت، بل انتقلت معسكرات التدريب من عالم الواقع إلى العالم الافتراضي، فلم يعُد يشترط تدريب الأفراد في معسكر بأحد الكهوف أو قمم الجبال، بل يكفي للعنصر الجديد أن يحصل على التدريب وما يحتاج إليه من معلومات من المواقع الإلكترونية الخاصة بالجماعات الإرهابية. وفي هذا السياق، قام تنظيم داعش بدعم قدراته الإلكترونية بدمج أذرعه (السيبرانية) مثل: «الخلافة الشبح» Ghost Caliphate، و«جيش أبناء الخلافة» Sons Caliphate Army، و«جيش الخلافة السيبراني» The Caliphate Cyber Army، و«كلاشينكوف الأمن الإلكتروني» Ka-lashnikov E-Security فيما سُمي (مجموعة قراصنة الخلافة السيبرانية المتحدة) The United Cyber Caliphate Hacker Group. وتمكنت مجموعة من القراصنة التابعين لتنظيم داعش في السنوات الأخيرة من اختراق بعض مواقع الشابِكة لتشويهها، ونشر الدعاية المتطرفة؛ مثل مواقع وزارة الصحة البريطانية، والشرطة الماليزية الملكية، والخطوط الجوية الماليزية، وشبكة التلفزة الفرنسية TV5 والمحطات التابعة لها، والقيادة المركزية العسكرية الأمريكية44.

3. عصابات الجريمة المنظمة، والتي غالباً ما تلجأ إلى الهجمات السيبرانية للحصول على فدية مالية، وتلجأ في ذلك إلى اختراق أنظمة المعلومات التي

---

43. هدير عادل، «"إرهاب سيبراني".. كيف حولت إيران «حزب الله» لقوة فيروسية؟»، العين الإخبارية، 12 أبريل 2022، https://bit.ly/3BRawD2

44. عبد الستار عبد الرحمن، «الإرهاب السيبراني - خطر يهدِّد العالم»، التحالف الإسلامي العسكري لمحاربة الإرهاب، 23 فبراير 2020، https://bit.ly/3RSRqBL

تدير الخدمات الأساسية في بعض الدول، لمساومتها بهدف الحصول على مبالغ مالية.

4. الأفراد أو القراصنة، من الأشخاص العاديين والذين يمتلكون مهارات تقنية فائقة، يتم توظيفها في الحصول على مبالغ مالية أو في اختراق الأمن المعلوماتي للدول، والحصول على معلومات حساسة عن قضايا السياسة الخارجية للدول، على النحو الذي جسدته ظاهرة «ويكيليكس»، حينما استطاع جوليان أسانج أن يكشف الكثير من أسرار السياسة الخارجية الأمريكية وعلاقات الولايات المتحدة مع العديد من القوى الكبرى.

جدول يوضح الجهات التي تقوم بالهجمات السيبرانية ودوافعها وأهدافها وأمثلتها

الجهة التي تقف وراء التهديد	الدوافع	الأهداف	الأمثلة
دول قومية، مجموعة ترعاها دول،	جغرافية-سياسية، أيديولوجية،	الاضطراب، التدمير، الضرر، السرقة، التجسس، الكسب المالي	تلف البيانات الدائم، الضرر المادي المستهدف، تعطيل شبكة الكهرباء، تعطيل نظام الدفع، التحويلات الاحتيالية، التجسس
مرتكبو الجرائم الإلكترونية	الإثراء	السرقة، الكسب المالي	سرقة الأموال النقدية، التحويلات الاحتيالية، سرقة بيانات الاعتماد
الجماعات الإرهابية، القراصنة، التهديدات الداخلية	أيديولوجية، الاستياء	الاضطراب	التسريبات، التشهير، الهجمات الموزعة لتعطيل تقديم الخدمة

المصدر:

European Systematic Risk Board (ESRB), Systemic Cyber Risk, February 2020, https://2u.pw/aD3f7 .

لقد تضاعف عدد الهجمات السيبرانية ثلاث مرات على مدار العقد الماضي مع تزايد الاعتماد الدولي على الخدمات المالية الرقمية، والتي لاتزال الأكثر استهدافاً. ومن الواضح أن الهجمات السيبرانية أصبحت مصدر تهديد للاستقرار المالي.

ونظراً إلى قوة الروابط المالية والتكنولوجية المتبادلة، فإن أي هجمة ناجحة على مؤسسة مالية كبرى أو نظام أساسي أو خدمة يستخدمها الكثيرون يمكن أن تنتشر تداعياتها سريعاً في النظام المالي بأسره؛ ما يؤدي إلى اضطراب واسع الانتشار ويتسبب في فقدان الثقة. ومن الممكن أن تفشل المعاملات نظراً إلى حبس السيولة، وأن تفقد الأسر والشركات قدرتها على النفاذ إلى الودائع والمدفوعات. وفي مثل هذا السيناريو الحاد، قد يطالب المستثمرون والمودعون

بأموالهـم أو يحاولـون إلغـاء حسـاباتهم أو غـير ذلـك مـن الخدمـات والمنتجـات التي يستخدمونها في العادة45.

وقـد أصبحـت أدوات القرصنـة الآن أقـل تكلفـة وأكـثر سـهولة وأشـد قـوة؛ مـا يتيـح للقراصنـة ذوي المهـارات المحـدودة إلحـاق ضرر أكـبر مقابـل نسـبة ضئيلـة مـن التكلفـة السـابقة. ويـؤدي التوسـع في الخدمـات القائمـة عـلى الأجهـزة المحمولـة (وهـي المنصـة التكنولوجيـة الوحيـدة المتاحـة للكثيريـن) إلى زيـادة فـرص القرصنـة. ويسـتهدف المهاجمـون المؤسسات كبيرها وصغيرها والبلدان غنيها وفقيرها، ويعملون عبر الحدود46.

3. الوسائل المستخدمة في التهديدات:

هناك مجموعة من الوسائل التي يستخدمها المخترقون، وأشهر أنواعها47:

- **البرمجيـات الخبيثـة:** هـي الأكـثر شـيوعاً، وهـي عبـارة عـن برنامـج يمكـن تضمينـه في البرامج والملفات التي يتم نشرها على شبكة الإنترنت. ومنه أنواع:

أ. الفيروسـات: برنامـج خبيـث ذاتي التكاثـر، إذا دخـل الجهـاز الإلكـتروني وأصـاب أحد الملفات، فإنه ينتشر في النظام كله.

ب. حصـان طـروادة: برنامـج خبيـث لـه قـدرة التخفـي داخـل برنامـج شرعـي، ويُستخدم عادة في إتلاف الأجهزة أو جمع البيانات.

ج. برامـج التجسـس: تتجسـس عـلى نشـاط الضحيـة عنـد اسـتخدام الجهـاز، مـن ذلك التجسس على كل ما يقوم بكتابته.

---

45. جنيفـر إليـوت ونايجـل جنكينسـون، «مخاطـر السـيبرانية... التهديـد الجديـد للاسـتقرار المـالي»، صنـدوق النقـد الـدولي، 7 ديسمبر 2020، https://bit.ly/3Qzx0gu

46. إليوت وجنكينسون، مخاطر السيبرانية.

47. .«الأمن السيبراني ونصائح السلامة السيبرانية»، موقع القيادي، 2 يوليو 2020، https://bit.ly/3wgiQZF

د. برامج الفدية: تمنع وصول المستخدم إلى البيانات والملفات المحفوظة على الجهاز، وتطالبه بدفع مبالغ مالية من أجل تحرير المعلومات وإلا تم حذفها. وتُعد فيروسات الفدية أحد أشكال البرمجيات الخبيثة التي تطالب الضحايا بدفع فديةٍ مالية مقابل فك تشفير المعلومات والبيانات الذي يَحُولُ دون الوصول إليها. وفي هذا السياق، يُثير دفعُ الفدية جدلاً بين خبراء الأمن السيبراني، فعلى الرغم من تضاؤل قيمة الفدية مقارنة بإعادة بناء الأنظمة والبنية التحتية المعلوماتية في كثيرٍ من الأحيان، فإن دفعها يشجع الأنشطة الإجرامية، ويُعَدُ مكافأة للقراصنة والمتسللين، ويطرح علامات استفهام حول احتمالات تعرض البيانات لهجماتٍ مستقبلاً، فضلاً عن إمكانية الحصول على مفاتيح فك تشفير غير صحيحة عقب دفع الفدية؛ ما يعني حلقات من الابتزاز لا تنتهي48.

هـ. برامج إعلانية: برامج تبث إعلانات مكثفة من أجل التربح من ورائها، قد تَحْدُثُ بغير علم المستخدم، كما قد تتضمن برمجيات خبيثة أخرى.

و. البوتات: برامج تمكّن المخترق من الاستحواذ على جهاز الحاسوب، وقد يتعدى إلى التحكم في الأجهزة على الشبكة نفسها، وعادة تُستخدم البوتات لأداء مهمات على الإنترنت، دون علم المستخدم.

- **حقن (SQL)**: تقنية إدخال تعليمات برمجية بهدف سرقة البيانات من قواعد البيانات أو تدميرها.

- **التصيد**: أن يتنكر المخترق في هيئة شركة شرعية على الإنترنت، ويطالب الضحية بمعلومات حساسة، مثل بيانات بطاقة الائتمان. وقد أصبحت هجمات التصيد الاحتيالي أكثر تعقيداً من السابق، إذ يتم نقل البرامج

48. رغدة البهي، «فيروس الفدية: الدفع أو الحذف والتشفير»، المركز المصري للفكر والدراسات الاستراتيجية، 10 نوفمبر 2019، https://bit.ly/3Pto7DX

الضارة عبر الروابط والرسائل الرقمية المستهدفة بعناية لخداع الأشخاص. فبمجرد النقر على أي من تلك الرسائل تُكشف كل البيانات الشخصية أمام المقرصِن. ولأن الوعي بات أكبر لهذا النوع من الهجمات؛ فقد زاد الرهان أمام المقرصن الذي بات يستخدم التعلم الآلي لصياغة رسائل مزيفة وتوزيعها بشكل أسرع بكثير على أمل أن يتعرض المستلمون للخطر من دون قصد لشبكات وأنظمة مؤسساتهم49.

- **هجوم الوسيط:** يتسلل المخترق بين متحاورين دون علمهما بهدف سرقة البيانات، ويحدث الاختراق عادة عن طريق شبكة أحد المتحاورين.
- **هجوم قطع الخدمة:** يمنع المخترق نظام الحاسوب من تلبية الطلبات المشروعة عن طريق إرباك الشبكات والخوادم.

4. أنماط التهديدات السيبرانية

حدد جوزيف ناي أربعة أنماط من التهديدات السيبرانية للأمن القومي، لكل منها أفق زمني وحلول مختلفة؛ وهي: الحرب السيبرانية، والتجسس السيبراني وهو يرتبط إلى حد كبير بالدول، والحرمان من الخدمة، والإرهاب الإلكتروني وهو يرتبط بالجهات غير الحكومية50. ويوضح الشكل التالي أنماط التهديدات السيبرانية، وتفصيلها على النحو الآتي:

49. «ما هي أخطر تهديدات الأمن السيبراني للعام 2020؟»، موقع تكنوتل التقنية والأعمال، 24 ديسمبر 2020، https://bit.ly/3K0cdk1

50. Joseph S. Nye, Jr, Cyber Insecurities: The 21st Century Threatscape. In Kristin M. Lord & Travis Sharp, America's Cyber Future Security and Prosperity in the Information Age, Vol. I I, June 2011, pp: 7-8.

شكل (1)

أنماط التهديدات السيبرانية

أ. الحرب السيبرانية:

تتحول الهجمات السيبرانية بشكلٍ سريع إلى نموذج جديد من الحرب الحديثة، ظهرت علناً لأول مرة، مثلما أسلفنا الإشارة إلى ذلك في حرب الخليج عام 1991، ثم حرب كوسوفا عام 1999، وظهرت بشكل أوضح في النزاع المسلح الدولي لعام 2008 بين جورجيا وروسيا، كما استُخدمت في النزاع المسلح الدولي بين روسيا وأوكرانيا، وأيضاً في أثناء النزاعات المسلحة الدولية وغير الدولية في أفغانستان والعراق وليبيا وسوريا. وقد شهد العالم حربين إلكترونيتين في العقد الأول من هذا القرن، هما الحرب الإلكترونية بين أستونيا وروسيا في عام 2007، والحرب الإلكترونية بين جورجيا وروسيا في عام 2008، عن طريق هجمات الحرمان من الخدمة51. ومثلت أستونيا كدولة صغيرة وحديثة تمتلك تكنولوجيا متطورة مكاناً نموذجياً لاختبار الهجمات السيبرانية ذات الدوافع السياسية، حيث يعتمد 98% من القطاع المصرفي على الاتصالات، كما يقدم أكثر من 90% من الأفراد إقراراتهم الضريبية عبر الإنترنت، وتستخدم المؤسسات الحكومية أنظمة تكنولوجية للقيام بأعمالها اليومية. كما أظهرت حالة أستونيا افتقار العالم إلى آليات التنبيه السيبراني الرسمية وغير الرسمية، وأنظمة الاستجابة لإدارة الحوادث السيبرانية الواسعة النطاق52. فالاستعمال المتزايد للهجمات السيبرانية في النزاعات المسلحة التي وقعت في السنوات الأخيرة، وفي ضوء معطيات مؤكدة بأن تهديداً ستتسبب فيه هذه الهجمات على صعيد السلم والأمن الدوليين، وبمستوى لا يقل جسامة عن أخطر التهديدات المعروفة دولياً، طُرحت تحديات على مختلف الصُّعد ومنها الصعيد القانوني، ومن ثم فقد شكل تحدياً لبعض أحكام القانون الدولي العام عموماً والقانون الدولي الإنساني خصوصاً53.

---

51. C. F. Wrenn, Strategic Cyber Deterrence, (master thesis), ProQuest, JULY 2012.

52. .Wrenn, Strategic Cyber Deterrence.

53. حسن فياض، «الهجمات السيبرانية من منظور القانون الدولي الإنساني»، مجلة الدفاع الوطني اللبنانية، العدد 114، أكتوبر 2020، https://bit.ly/3Araxga

ويُقصد بالحرب السيبرانية مجموعة من الأنشطة الإلكترونية التي تُتَّخذ من طرف سواء أكان تابعاً لدولة أم يعمل لحسابه بصورةٍ مستقلة عنها في الدولة (أ)، ضد نُظُم إلكترونية تابعة لطرف (ب) في دولة أخرى، يُراد منها التغلغل إلى تلك النُظم بهدف السيطرة على قوتها الإلكترونية ومن ثم التحكم بها عن بُعد، لأجل إحداث أكبر قدر ممكن من الأضرار.

ووفق دليل تالين المطبق على الحرب السيبرانية في العام 2013، الذي أعدته مجموعة من الخبراء في القانون الدولي الإنساني أبرزهم مايكل شميت بالتعاون مع حلف شمال الأطلسي، وبدعمٍ من فريق مؤلف من خبراء السيبرانية، واللجنة الدولية للصليب الأحمر والقيادة السيبرانية الأمريكية الذين شاركوا في المداولات كافة، تم تعريف الهجمات السيبرانية بأنها: «عمليات سيبرانية، سواء أكانت هجومية أم دفاعية، والتي تستهدف بصورة معقولة التسبب في إصابة الأفراد أو حصول وفاتهم أو إحداث الأضرار أو تدمير الأهداف العينية». ووفق هذا التعريف فقد اتفق معظم الفقهاء القانونيين على أنه قد يحصل الضرر أيضاً بتوقف أحد الأعيان عن العمل، علاوة على الضرر المادي، وليس من المهم كيف يحدث ذلك54. كما عرفها مايكل شميت بأنها: «مجموعة من الإجراءات التي تتخذها الدولة للهجوم على نُظم المعلومات المعادية بهدف التأثير فيها وإيقاع الضرر بها، وفي الوقت نفسه للدفاع عن نُظم المعلومات الخاصة بالدولة المهاجمة»55.

واستناداً إلى هذه التعريفات هناك ثلاثة معايير مجتمعة تشكل نواة معيار الضرر؛ هي:

54. Michael N. Schmitt, "Tallinn-Manual, the International Law Applicable to Cyber Warfare", (New York: Cambridge University Press, 2013), https://bit.ly/3AAOx2m

55. Michael N. Schmitt, "The Law of Cyber Warfare: Quo Vadis? 25 Stanford Law & Policy Review", September 4, 2013 https://stanford.io/3QT2rCw

1. أضرار واسعة النطاق.
2. أن تكون طويلة الأمد؛ أي إن آثارها تستغرق فترة زمنية.
3. أن تكون ذات غرضٍ، أي عملية استخدام هذا السلاح أو هذه الوسيلة من أجل أن يكون واسع النطاق وطويل الأمد.

كما تتكون الحرب السيبرانية من العمليات العسكرية التي تتم داخل الفضاء السيبراني لحرمان الخصم، سواء كان فاعلاً حكومياً أو غير حكومي، من الاستخدام الفعال لأنظمة المعلومات والأسلحة، أو الأنظمة التي تسيطر عليها تكنولوجيا المعلومات، من أجل تحقيق غاية سياسية. ويمكن أن تحدث الحرب السيبرانية بطريقة «منتظمة» بين القوات العسكرية الرسمية للدول أو بطريقة «غير منتظمة» بين القوات الرسمية وغير الرسمية للدولة والجهات الفاعلة من غير الدول التي تنخرط في صراع من أجل الشرعية والنفوذ. ويمكن أن تشكل صراعاً كاملاً، أو تحدث بوصفها جزءاً من حرب أوسع تشمل القوات البرية والبحرية والجوية أو العسكرية الأخرى. فالأول يتضح فقط في الفضاء السيبراني، حتى لو كان ينتج تأثيرات حقيقية، بينما يحدث الأخير في الفضاء السيبراني والعالم المادي في وقت واحد56.

تقوم آلية عمل الحرب السيبرانية على توافر عنصرين مهمين في أي صراع إلكتروني، أولهما توافر المعلومات، التي ترتكز عليها الحروب السيبرانية بشكل كبير، وثانيهما القدرات العقلية والذهنية، التي تكون مسؤولة عن التخطيط للضربات الإلكترونية وتوجيهها.

وتتسم الحرب السيبرانية بأنها من الناحية النظرية أسهل كثيراً مما هي عليه في الممارسة العملية، خاصة لأن الحرب السيبرانية المعروفة لم تحدث بعد،

---

56. Kristin M. Lord and Travis Sharp, Ibid, PP17-20.

كما تتسم بتوافر العديد من الأدوات والوسائل التكنولوجية التي يتم توظيفها في الصراعات الإلكترونية، وتتنوع أدوات الحرب السيبرانية بتنوع تأثيراتها وحجم قوتها، ومدى الآثار المترتبة على استخدامها، ويمكن إجمال أسلحة الحروب السيبرانية وأساليبها وأدواتها في: التجسس المعلوماتي Spyware Information، والاختراق الإلكتروني Penetration Mail، وزرع الفيروسات التقنية في البيئات المعلوماتية، والقرصنة الإلكترونية، والتضليل الإعلامي57.

ب. التجسس السيبراني:

يُستخدم التجسس الإلكتروني أو الأنظمة ذات الصلة لجمع المعلومات الاستخباراتية أو تمكين عمليات معينة، سواء في الفضاء الإلكتروني أو في العالم الحقيقي، خلافاً للجريمة السيبرانية التي عادة ما تكون فيها الحوادث ذات دوافع مالية، ومن المرجح أن يكون للتجسس السيبراني آثار استراتيجية تهدد مساحات أوسع من المجتمع. وتختلف دوافع التجسس السيبراني، ولكنها تشمل تحقيق مزايا عسكرية أو سياسية أو صناعية أو تكنولوجية58.

كما أن التجسس السيبراني هو الشكل الحديث لعمليات التجسس على معلومات الدول السرية واختراقها، ويُعرف بأنه فعل الدخول غير المشروع والوصول إلى أسرار في صورة إلكترونية أو من خلال أجهزة الحاسوب أو شبكات الإنترنت. هذا النوع من التجسس يتيح للفاعل سرقة المعلومات من أي مكان في العالم، وذلك بصفة مجهولة وغير مكلفة وعلى نطاق واسع. وفي عام 2013، واجهت الولايات المتحدة أكبر حملة تجسس سيبراني تحت اسم «تيتان رين»، وقد استهدفت هذه الهجمة وكالة الأمن القومي الأمريكي في وزارة الدفاع

57. ماجد الحنيطي، الحرب الإلكترونية وأثرها على الصراعات الدولية المعاصرة، أطروحة دكتوراه (جامعة مؤتة، كلية العلوم الاجتماعية، 2017)، ص ص -88 105.

58. Kristin M. Lord and Travis Sharp, Ibid, PP 17-20.

الأمريكية بالإضافة إلى عدد من القطاعات الخاصة. وقد وجه الكونغرس التهمة إلى الحكومة الصينية بأنها الجهة التي نفذت هذا الهجوم، وعلى أثر ذلك قامت الولايات المتحدة بعقد اتفاقية مع الصين عام 2015 لوضع حدود العلاقات السيبرانية، ولكن الصين نقضت الاتفاقية عندما قامت بالتجسس على مكتب موظفي الحكومة الفيدرالية؛ ما أضر ببيانات 20 مليون شخص[59].

وتكمن خطورة هذه النوعية من الهجمات في أنها تمثل تهديداً كبيراً وجدياً للأمن القومي للدول المختلفة، المتقدمة منها والنامية، وخاصة أن الهدف منها يتمثل في معظم الأحيان في اختراق نظم حماية وتأمين الشبكات الإلكترونية لهذه المؤسسات، والتجسس عليها ونقل المعلومات منها بواسطة استخدام برامج خبيثة[60].

ج. الحرمان من الخدمة: Denial of Service

هو ذلك الهجوم الذي يهدف إلى تعطيل قدرة الهدف على تقديم الخدمات المعتادة أو المفترض تقديمها، وذلك عن طريق إغراق جهاز الحاسب الآلي المقدم للخدمة server بكم كبير من الأوامر تؤدي إلى توقفه عن العمل وتقديم الخدمة لمستخدميها، أو الحد من قدرته على العمل بصورة طبيعية؛ نتيجة لهذا الكم من الأوامر. وقد ينتج عن هذه الهجمات أيضاً إيقاف الاتصال بين جهازين إلكترونيين أو منع شخص معين أو نظام معين من الوصول إلى الخدمة. وكثيراً ما تُستخدم هجمات الحرمان من الخدمة بوصفها جزءاً من هجمات إلكترونية أكبر وأكثر تعقيداً[61].

59. منيرة الحمدان، «التجسس السيبراني»، جريدة الرياض، 12 فبراير 2019، https://bit.ly/3wIHm6b

60. السيد، الهجمات السيبرانية.

61. نوران شفيق، «أشكال التهديدات الإلكترونية ومصادرها»، المركز الأوروبي لدراسات مكافحة الإرهاب والاستخبارات، 29 يناير 2020، https://bit.ly/3wc6sKl

وتهدف هجمات الحرمان من الخدمة إلى إجبار النظام الإلكتروني المستهدف على الاستجابة لعدد كبير من الطلبات والأوامر الخدمية بطريقة تفوق قدرته وإمكانياته، وتعمل من ثم على إعاقته عن تقديم الخدمات المطلوبة منه، وفي حالة عجز هذه الهجمات عن إحداث تأثير كبير في الأنظمة أو المواقع المجهزة للاستجابة لعدد كبير من الأوامر، فإنه يتم استخدام طريقة أكثر تعقيداً من الهجمات، وهي هجمات الحرمان من الخدمة الموزعة (Distributed Denial of Service attacks DDoS)، وتقوم هذه الهجمات بإصدار كمٍّ ضخم من طلبات الخدمة لا عن طريق جهاز واحد، وإنما من خلال عدد كبير من الأجهزة الإلكترونية، حتى تغرق الجهاز المستهدف بالأوامر، لتعطيل قدرته على العمل، وتتم هذه الهجمات عبر اختراق مجموعة كبيرة من أجهزة الحاسوب وتحميل برامج عليها ليتم استخدامها لاحقاً في شن هجوم على الخصم بشكل متزامن، من خلال إرسال إشارة بدء إلى هذه البرامج الموجودة على جميع الأجهزة التي تم اختراقها62.

د. الإرهاب الإلكتروني:

يُقصد بالإرهاب الإلكتروني العبث بالنظم الإلكترونية لمجرد إثارة الذعر أو الخوف63. كما يُعرف الإرهاب الإلكتروني أيضاً بأنه العدوان أو التخويف أو التهديد المادي أو المعنوي الصادر من الدول أو الجماعات أو الأفراد على الإنسان في دينه أو نفسه أو عِرضه أو ماله أو عقله بغير حق، باستخدام الموارد المعلوماتية والوسائل الإلكترونية بشتى صنوف العدوان وصور الفساد. فالإرهاب الإلكتروني يعتمد على استخدام الإمكانيات العلمية والتقنية، واستغلال وسائل الاتصالات والشبكات المعلوماتية من أجل تخويف الآخرين وترويعهم، وإلحاق الضرر بهم، أو تهديدهم.

---

62. CLOUDFLARE. (n.d.). What is a DDoS attack? https://2u.pw/FQ1to; R. Joven & E. Ananin (2018, October 26). DDoS-for-Hire Service Powered by Bushido Botnet. Fortinet. https://2u.pw/GkS15.

63. «الأمن السيبراني ونصائح السلامة السيبرانية»

ويتميز الإرهاب الإلكتروني عن غيره من أنواع الإرهاب بالطريقة العصرية المتمثلة في استخدام الموارد المعلوماتية والوسائل الإلكترونية التي جلبتها حضارة التقنية في عصر المعلومات، لذا فإن الأنظمة الإلكترونية والبنية التحتية المعلوماتية هي هدف الإرهابيين. لقد زادت الخطورة الإجرامية للجماعات والمنظمات الإرهابية، فقامت بتوظيف طاقتها للاستفادة من تلك التقنية واستغلالها في إتمام عملياتها الإجرامية وأغراضها غير المشروعة. إن خطورة الإرهاب الإلكتروني تزداد في الدول المتقدمة، التي تُدار بنيتها التحتية بالحواسيب الآلية والشبكات المعلوماتية، ما يجعلها هدفاً سهل المنال، فبدلاً من استخدام المتفجرات تستطيع الجماعات الإرهابية من خلال الضغط على لوحة المفاتيح تدمير البنية المعلوماتية، وتحقيق آثار تدميرية تفوق مثيلتها التي تُستخدم فيها المتفجرات، إذ من الممكن شن هجوم إرهابي لإغلاق المواقع الحيوية وإلحاق الشلل بأنظمة القيادة والسيطرة والاتصالات، أو قطع شبكات الاتصال بين الوحدات والقيادات المركزية، أو تعطيل أنظمة الدفاع الجوي، أو إخراج الصواريخ عن مسارها، أو التحكم في خطوط الملاحة الجوية والبحرية، أو اختراق النظام المصرفي وإلحاق الضرر بأعمال البنوك وأسواق المال. ويعمل الإرهاب الإلكتروني على تحقيق جملة من الأهداف غير المشروعة؛ من بينها: نشر الرعب والخوف بين الأفراد والدول والشعوب المختلفة، والإخلال بالأمن العام وزعزعة الطمأنينة، وإلحاق الضرر بالبنية التحتية المعلوماتية وتدميرها، والإضرار بوسائل الاتصالات وتقنية المعلومات، أو بالأموال والمنشآت العامة والخاصة، وجمع الأموال اللازمة لتمويل العمليات الإرهابية64.

وفي المجمل، لقد اندثرت الحدود بين الإرهاب بمفهومه القديم والإرهاب الإلكتروني الذي أضحى تهديداً كبيراً في كل مكان، فمن الممكن مثلاً اقتحام صفحة

---

64. د. م. (2016، أبريل). الإرهاب الإلكتروني. ورقة مقدمة إلى المؤتمر الأول للجرائم الالكترونية في فلسطين. جامعة النجاح الوطنية، نابلس. https://bit.ly/3ADhWsX .

لمستشفى ما وتهديد حياة المرضى عن طريق تغيير برنامج العلاج، ومن الممكن تهديد الاقتصاد باقتحام مواقع البورصة العالمية، كما يمكن أيضاً التدخل في أنظمة الاتصالات، أو الكهرباء، أو المياه، بل السيطرة على نظام المواصلات والطيارات، وبذلك يحصل تهديد لبلد بأكمله. إن هذا سيتيح الفرصة واسعة للإرهابيين للتحكم في الشبكات الحكومية وشبكات الأمن وإغلاقها أو السيطرة التامة عليها65.

هـ. الجريمة الإلكترونية:

تشير إلى أي جريمة تتضمن جهاز حاسوب أو شبكات إلكترونية؛ مثل إطلاق برمجية خبيثة أو بريد عشوائي وبرمجيات انتزاع الفدية والابتزاز الجنسي وهجمات تعطيل الخدمة (DDoS) وأشياء أخرى كثيرة. وقد يُستَخدَم الحاسوب في ارتكاب الجريمة وقد يكون هو الهدف. وعليه، فالجريمة الإلكترونية هي أي مخالفة ترتكب ضد أفراد أو جماعات بدافع إجرامي ونية الإساءة لسمعة الضحية أو لجسدها أو عقليتها، سواءً كان ذلك بطريقة مباشرة أو غير مباشرة، وأن يتم ذلك باستخدام وسائل الاتصالات الحديثة؛ مثل الإنترنت، أو غرف الدردشة، أو البريد الإلكتروني أو المجموعات؛ ما يزيد من تفاقم الطابع المعقد لهذه الجريمة، التي تحدث في مجال الفضاء الإلكتروني الذي لا حدود له66.

وتختلف أنواع التهديدات السيبرانية باختلاف الوسيلة والأداة التي يتم بها تنفيذ الهجمات الإلكترونية من أجل إتمام الجرائم بشكل رقمي، وقد صَنّفَ المتخصصون في هذا المجال أشكال الجرائم والتهديدات الأمنية السيبرانية وأنواعها على النحو الآتي67:

---

65. إسراء طارق جواد كاظم الجابري، «جريمة الإرهاب الإلكتروني- دراسة مقارنة»، رسالة ماجستير (بغداد: جامعة النهرين، كلية الحقوق، 2012)، https://bit.ly/3dLl1xY

66. Amidror Yaakov, Cyberspace, the Final Frontier, BESA Center Perspectives Paper No. 360, August 30, 2016.

67. «أنواع التهديدات السيبرانية».

- **تهديـدات سـيبرانية للأجهـزة المحمولـة:** ويركـز هـذا النـوع عـلى إيصـال تهديـد أو جـرم مـا إلى أي نـوع مـن أنـواع الأجهـزة الإلكترونيـة المحمولة المتصلة بشـبكة الإنترنـت، ويعـد هـذا مـن أخطـر التهديـدات وأكثرهـا شـيوعاً؛ بسـبب انتشـار الأجهـزة المحمولـة بكـثرة حـول العـالم، إذ أصبحـت اليـوم محمولـة مـع كل فـرد صغير وكبير، ونادراً ما نجد شخصاً لا يمتلك هاتفاً أو حاسوباً محمولاً.

- **تهديـدات وهجـمات التصيـد الاحتيـالي:** ويعتمـد هـذا النـوع عـلى الطريقـة التـي يتـم بهـا، فهـو أحـد أخطـر أشـكال الهندسـة الاجتماعيـة التـي تتـم عـبر البريـد الإلكـتروني، فمـن خلالهـا يقـوم المجـرم الإلكـتروني بإرسـال رسـالة نصيـة عـبر البريـد الإلكـتروني في رابـط مُلَغّـم مـن أجـل الإيقـاع بالضحيـة، وتكـون الرسـالة ودودة جميلـة لا تثـير شـك المرسـل إليـه، ولكـن الأشـخاص ذوي الخـبرة المحـدودة في هـذا المجـال يقعـون فيهـا عـلى الفـور، والأمـر الخطـير في هـذا النـوع مـن التهديـدات هـو إرسـال هـذه الرسـالة لآلاف الضحايا بشكل عشوائي من أجل الإيقاع بهم والحصول على المراد منهم.

- **سرقـة المعلومـات والهويـة والانتحـال:** تتـم عمليـة سرقـة المعلومـات الرقميـة والانتحـال للهويـة عـن طـرق برامـج خاصـة وأنظمـة متخصصـة في هـذا المجـال، يقـوم مـن خلالهـا الهاكـرز بسرقـة البيانـات والتجسـس عليهـا مـن أجـل الحصـول عـلى معلومـات حساسـة مثـل البطاقـات الائتمانيـة والحسـابات البنكيـة وغيرهـا من المعلومات المهمة.

- **الهجـمات عـلى الأجهـزة الطبيـة الذكيـة:** ويركـز هـذا النـوع مـن الهجـوم عـلى المنشـآت الصحيـة والمستشـفيات والمقارّ الحكوميـة في الـدول، والخطـير في هـذه الهجـمات أنهـا تكـون عـلى القطـاع الصحـي؛ الأمـر الـذي قـد يهـدد حيـاة الملايـين مـن الأشـخاص في غضـون ثـوانٍ معـدودة، فعندمـا يهـدف الهجـوم إلى إيقـاف أجهـزة التنفـس التـي تعمـل في المستشـفيات عـن العمـل قـد يـؤدي ذلك إلى خسائر بأعداد هائلة في الأرواح.

- **الهجمات على المصارف والبنوك:** وهي أحد أخطر أنواع التهديدات السيبرانية التي يتم من خلالها إيقاف أنظمة البنوك والمصارف عن العمل من أجل سرقة الأموال منها، أو بهدف سرقة معلومات مهمة جداً تخص المتعاملين مع البنوك. وقد أصبحت سرقة المصارف في القرن الحادي والعشرين عملية رقمية. ومن الأمثلة الشهيرة على ذلك، قيام عصابة إجرامية بسرقة ما يصل إلى مليار دولار خلال عامين تقريباً من مجموعة متنوعة من المؤسسات المالية عبر العالم. فقد استهدف المجرمون الإلكترونيون موظفي المصرف ومسؤوليه ببرنامج ضار يُسمى «Carbanak» عبر البريد الإلكتروني. وبمجرد نجاحهم في إصابة الحواسيب المستهدفة، نجح أولئك المجرمون في محاكاة سلوك الموظفين وتحويل الأموال لأنفسهم وتوجيه أجهزة الصراف الآلي إلى صرف الأموال في أوقات محددة واستخدموا أنظمة الدفع الإلكترونية لسحب الأموال. وفي هذا الصدد يقول بعض الخبراء، مثل بان لاوسكي Ben Lawsky إن الهجوم الكبير على النظام المصرفي قد يعادل «هجوم الحادي عشر من سبتمبر» ولكن في القطاع الإلكتروني68.

ثالثاً- كيفية مواجهة التهديدات السيبرانية:

تزايدت الهجمات السيبرانية بصورة لافتة في الآونة الأخيرة، حتى أن هناك تقديرات تُشير إلى أن ثمة هجوماً سيبرانياً يحدث كل 39 ثانية، وهذا يمكن تفسيره بالنظر إلى عوامل عدة: أولها، أن الهجمات السيبرانية تُعد قليلة التكلفة لدى مقارنتها بالأدوات الأخرى من القوة المادية. ثانيها، التأثير المدمر الواسع النطاق، إذ غالباً ما يكون تأثير الهجمات السيبرانية مدمراً، وقد يؤدي إلى إحداث شلل تام في البنية التحتية للدول، في المجالات والقطاعات التي ترتبط

68. «أهم 7 تهديدات إلكترونية يجب التنبه لها في عامَي 2016-2015».

بحياة البشر. ثالثها، صعوبة معرفة الجهات التي تقف وراءها. وأخيراً، السرعة في تنفيذ الأهداف مقارنةً بالحرب التقليدية التي تستغرق سنوات لحسمها69. وبالرغم من تزايد التهديدات والمخاطر السيبرانية، فلا تزال سبل مواجهتها مشتتة، وفي حاجة إلى التكاتف والتعاون، وذلك من أجل تعزيز استقرار النظام الدولي والحد من خطر اندلاع النزاعات الناجمة عن الأنشطة الإلكترونية70.

ومما لا شك فيه تعدد وسائل مواجهة التهديدات السيبرانية على مختلف الصُّعُد التقنية وذات الأدوار المختلفة للدول وللقطاع الخاص وكذلك على الصعيد الدولي، وهي كما يلي:

1- أساليب المواجهة التقنية والتكنولوجية:

أ. **تقوية قدرة أنظمة المعلومات الإلكترونية على الصمود:** باتت هناك ضرورة ملحة للعمل على تطوير برامج أمن أنظمة المعلومات، وتعزيز قدرتها على الصمود في مواجهة التهديدات السيبرانية. وهنا، لابد من الإشارة إلى ظهور قطاع متنام من شركات خدمات الأمن الإلكتروني، مثل فاير آي (FireEye) وكراودسترايك (CrowdStrike) وكاسبريسكي لاب (Kaspersky Lab) ونوفيتا (Novetta)، وسيمانتيك (Symantec)، ومايكرو تريند (Micro Trend) التي تقدم خدمات استشارية ومن ضمنها التحقيقات لتحديد مصدر الهجمات الإلكترونية. إن نضْج شركات الأمن الإلكتروني وتطور طرق تحديد المصدر المتقدمة وتزايد تعقيد العالم المتشابك يعكس تنامي نطاق الحوادث الإلكترونية والتهديد والضرر المحتمل الناجم عنها71. وفي هذا

69. السيد، الهجمات السيبرانية.

70. جون إس. ديفيس الثاني وآخرون، «تهديدات مجهولة المصدر.. نحو مساءلة دولية في الفضاء الإلكتروني»، مؤسسة RAND، كاليفورنيا، 2017، ص 2.

71. ديفيس الثاني وآخرون، تهديدات مجهولة المصدر.

الإطار، يمكن الاستفادة من مثل هذه الشركات في تقوية أنظمة المعلومات، ليس فقط من أجل التمتع بقدرات كبيرة على الصمود، ولكن أيضاً لمواجهة التهديدات السيبرانية تقنياً.

ب. **التأمين المستمر للشبكات:** يُعدد خبراء المعلومات الآليات التقنية التي يتم من خلالها تجنب التهديدات السيبرانية، والتي يأتي في مقدمتها تحديث أنظمة التشغيل والتطبيقات، للحيلولة دون وصول البرامج الضارة إلى الشبكة، والاحتفاظ بنسخٍ احتياطية من البيانات، وتحديثها بانتظام لاستعادة الأنظمة، واستخدام أدوات فك التشفير، والتأكد من تأمين الشبكات الداخلية لمنع المهاجمين من الوصول إليها72.

ج. **مأسسة الأمن السيبراني:** في ظل تصاعد التهديدات السيبرانية فهناك حاجة ملحة إلى أن تهتم كل المؤسسات والشركات بمأسسة أنظمة الأمن السيبراني داخلها؛ أي وضع معايير أو أطر لضمان أمن المعلومات73.

2- الأدوار والمسؤوليات لمواجهة الهجمات السيبرانية

أ. الأدوار المنوطة بالدول:

- **زيادة معدلات الاستثمار في الأمن السيبراني:** تختلف الإجراءات التي يجب على الدول اتخاذها لمواجهة التهديدات المقبلة عبر الفضاء الإلكتروني، باختلاف نمط التهديد، ففي إطار التصدي للهجمات السيبرانية تتزايد أهمية الوسائل التقنية الداعمة للأمن السيبراني التي مازال حجم الاستثمارات بها، والذي قدرته Ce Pro بـ 176.5 مليار دولار في 2020، محدوداً، مقارنة بحجم

72. رغدة البهي، «فيروس الفدية: الدفع أو الحذف والتشفير»، المركز المصري للفكر والدراسات الاستراتيجية، 10 نوفمبر 2019، https://bit.ly/3Pto7DX

73. «أنواع التهديدات السيبرانية».

الخسائر التي يتكبدها العالم نتيجة لهذه الهجمات التي توقع محللو مجلة Cybersecurity Ventures أن يصل بحلول عام 2025 إلى 10.5 تريليون دولار، وهو ما يعني نمو حجم الخسائر المترتبة على الهجمات السيبرانية بنحو 15% سنوياً74. وهنا يمكننا القول إن على الدول زيادة نسب الإنفاق والاستثمار في مجالات الأمن السيبراني.

- **وضع استراتيجيات وطنية قادرة على درء المخاطر:** تظهر أهمية قيام الدول بوضع وتطبيق استراتيجيات وطنية قادرة على درء المخاطر المحتملة للتهديدات السيبرانية، عبر ما يمكن أن نُطلق عليه «سياسة تفكيك الأثر»، والتي تستلزم تحقيق حزمة من الأهداف، كالحفاظ على إيجابية الصورة الذهنية لقيادات الدولة ومؤسساتها، والحفاظ على معدلات الرضا الشعبي مرتفعة، ورفع درجة وعي المواطنين بالتهديدات التي تتعرض لها الدول وإحاطتهم علماً، وبشكل غير مباشر، بالأطراف المعادية لها.

- **إصدار تشريعات جديدة:** على الدول إصدار قوانين جديدة لمكافحة التهديدات السيبرانية. فعلى سبيل المثال، أقر مجلس الشيوخ الأمريكي مشروع قانون يسمى «فرق البحث عن الحوادث والاستجابة للحوادث» وهو القانون الذي يخول وزارة الداخلية الاستثمار في فرق الاستجابة للحوادث وتطويرها كي يستعين بها القطاعان العام والخاص عند التعرض للهجمات. ومن ثم، فإن هدف القانون يكمن في حماية الكيانات الحكومية والمحلية من التهديدات السيبرانية، وتمكينها من استعادة المعلومات المهمة وأنظمة الحاسوب والبنية التحتية التكنولوجية، في أعقاب تعرضها لهجمات الفدية. وفي هذا السياق، تتشابه تلك الفرق مع فرق الإغاثة أثناء الكوارث التي ترسلها الحكومة الفيدرالية عند حدوث كارثة وطنية ضخمة، على شاكلة الحرائق أو الأعاصير.

---

74. هاني الأعصر، «الفضاء الإلكتروني.. تهديدات متزايدة تفوق القدرات التقليدية للدول»، مجلة درع الوطن، 3 أكتوبر 2021، https://bit.ly/3bXkZ5P

ومـن ثـم، فإنـه يُشـترط في فـرق الاسـتجابة للحـوادث توافرُهـا عـلى الخـبرة الفنيـة لاسـتعادة أنظمـة تكنولوجيـا المعلومـات وتشـغيلها. وعـلاوة عـلى ذلـك، فـإن مـشروع القانـون يُسـهل عـلى حكومـات الولايـات والحكومـات المحليـة التعـاون مع السـلطات الفيدراليـة للاسـتفادة مـن الخـبرات المشـتركة لمكتـب التحقيقـات الفيـدرالي الـذي يحـذر القطاعـات الصناعيـة المسـتهدفة، ويطلـب منهـا الإبـلاغ عـن الهجـمات، ويقدم المسـاعدة المناسـبة بعـد وقوعهـا. كـما يقـدم النصـح للمنظـمات الأمريكيـة لاتبـاع أفضل الممارسات، مع تقديم قائمة بالإجراءات التي يجب اتخاذها مسبقاً75.

- **تعزيـز إجـراءات الثقـة:** بنـاء حالـة مـن الثقـة بـين مؤسسـات الدولـة ومختلـف فئـات المجتمـع، وبخاصـة الفئـات المسـتهدفة بالأنشـطة السـيبرانية الخبيثة مـن خـلال التعامـل بجديـة مـع جميـع الأنشـطة الإلكترونيـة الهدامـة، بمـا تتطلبـه هـذه الجديـة مـن تفنيـد للمحتـوى والـرد عليـه بشـكل مبـاشر عـبر بيانـات رسـمية، أو غير مباشر عبر محتوى إعلامي يدحض ما جاء فيه76.

- **الـردع المسـبق:** عـلى الـدول الوطنيـة أن تسـعى لتحسـين قدراتهـا السـيبرانية مـن أجـل وضـع سياسـات للـردع الفعـال عـلى التهديـدات السـيبرانية. وعـلى صعيـد الإجـراءات الوقائيـة التـي يمكـن اتخاذهـا مـن أجـل تقليـل المخاطـر الناتجـة عـن الهجـمات الإلكترونيـة وتخفيفهـا، فـإن عـلى الـدول أن تعـزز الـردع عـن طريـق تعزيـز دفاعاتهـا وبنـاء شـبكات أكثر مرونة ودعمها، وكذلك اتخاذ بعض الإجراءات الأخرى، ومنها:77

1. تحسـين الدفاعـات السـيبرانية، وزيـادة دعـم القطـاع الخـاص ودعـم البحـوث، بمـا يوسـع مـن الوعـي بالتهديـدات السـيبرانية، ويحـد مـن ازدواجيـة الجهـود،

---

75. البهي، فيروس الفدية.

76. الأعصر، الفضاء الإلكتروني..

77. Benjamin Brake, Strategic Risks of ambiguity in Cyberspace, New York, council on foreign relations, May 2015, https://on.cfr.org/3psA1U6 .

ويدعـم آليـات السـوق لتطويـر أمـن الشـبكات، مـن قبيـل سـوق التأمـين السيبراني.

2. تكثيـف اختبـار الدفاعـات السـيبرانية الوطنيـة، إذ يُمكـن لـوزارة الأمـن الداخـلي وأجهـزة الاسـتخبارات وغيرهـا مـن الأجهـزة القيـام بالجهـود اللازمـة لتحقيـق الأمـن والسـلامة مـن أي هجـوم إلكـتروني، مـع توسـيع جمـع المعلومـات الاسـتخباراتية ضـد البرامـج الخطـيرة التـي يمكـن أن تُسـتخدم كأداة للهجوم السيبراني.

3. وضْـع تعريـف واضـح للتهديـدات السـيبرانية، وتعزيـز دور «مركـز تكامـل اسـتخبارات التهديـد السـيبراني"، مـن أجـل ضـمان التخطيـط الفعـال والتنسـيق في إسـناد العمليـات السـيبرانية، فتوحيـد الجهـود سـوف يسـمح بسرعـة اتخـاذ إجراءات وقائية.

4. دعـم الجهـود الدوليـة لمكافحـة جرائـم الإنترنـت، فالتعـاون بـين الـدول بـات ضروريـاً مـن أجـل مواجهـة الأنشـطة السـيبرانية غـير المشروعـة مـن الجهـات الفاعلة من غير الدول، سواء كانت شبكات إرهابية أو جماعات إجرامية.

ب. القطاع الخاص:

لتقليـل مخاطـر الأعـمال التـي تسـببها الهجـمات الإلكترونيـة، وإنشـاء نهـج أكثر مرونـة عـبر الإنترنـت لحمايـة البيانـات، تحتـاج الـشركات والحكومـات إلى تحديـث وأتمتـة اسـتراتيجيات الاسـترداد واسـتمرارية الأعـمال والاسـتفادة مـن أحـدث الأدوات الذكيـة لاكتشـاف التهديـدات السـيبرانية والدفـاع عنهـا. ومـن أجـل تفعيـل دور القطـاع الخاص في مواجهة التهديدات السيبرانية، فإنه يجب عليه القيام بالآتي78:

78. ميشـيل نـادر، «الهجـمات الإلكترونيـة مـن أكـبر التهديـدات للبشريـة.. وحمايـة البيانـات تحـد كبـير»، موقـع followict، 17 نوفمبر 2021، https://bit.ly/3wcVfJz

- **تفعيل إدارة المخاطر والتدريب المستمر للموظفين:** يجب أن يفهم جميع الموظفين سبب أهمية أمن وحماية البيانات على كل مستوى وكيف يشكلون بدورهم جزءاً مهماً من الحفاظ عليها. ومع استمرار نمو البيانات بشكل كبير، من الضروري الاستفادة من مجموعة متنوعة من استراتيجيات حماية البيانات عبر المتابعة الحثيثة والتكرار والنسخ الاحتياطي والأرشيف، وإنشاء حل فعال لحماية البيانات، الأمر الذي يمكن أن تقوم به إدارة المخاطر.

- **بناء مخزن رقمي:** يجب على مؤسسات القطاع الخاص أن تحتفظ دائماً بنسخة سليمة من البيانات المهمة محفوظة في بيئة معزولة يمكن استردادها في حالة حدوث أي هجوم إلكتروني.

- **الاتساق الأمني:** يجب على القطاع الخاص أن يقوم بدور فعال عبر الاستثمار في التدابير الأمنية السيبرانية، وأن يجعل هذا الأمر أولوية قصوى للتعامل بشكل استباقي مع خصوصية البيانات بدلاً من الانتظار لمعالجتها بعد حدوث هجوم.

- **تكثيف جهود حماية البيانات:** فعلى سبيل المثال أصدرت شركة «أبل» دليلاً حمل عنوان «الوصول إلى الجهاز والبيانات عندما تكون السلامة الشخصية في خطر». وقد هدف الدليل إلى شرح خيارات الأمان والمخاطر المتاحة، وطرح سبل الحماية، وصولاً لاستخدام آمن للتكنولوجيا. ومن ثَم، تضمّن الدليل أقساماً عدة حول إعدادات الخصوصية الشاملة، بجانب سلسلة من قوائم المراجعة التي تحدد الخطوات التي يجب اتباعها لإيقاف المشاركة والحفاظ على خصوصية مواقع المستخدمين.

- **محاربة برمجيات الخبيثة:** لقد تعددت الجهود الرامية إلى التصدي لتهديدات تلك البرمجيات، وهو ما ترجم نفسه في جهود عشرات الشركات التكنولوجية، وعلى رأسها شركتا «مايكروسوفت» و«مكافي» في صورة تحالف

جديد سُمي Ransomware Task Force بهدف النظر في الحلول التقنية المتاحة التي يمكن توظيفها في مواجهة هجمات الفدية، وذلك بالشراكة مع عددٍ واسعٍ من الخبراء والشركات والصناعات ممن يُحددون على وجه الدقة الفجوات المحتملة وسبل مواجهتها، وصولاً لآليات مشتركة يُمكن لجميع الأعضاء توظيفها عند تعرضهم لهجوم.

- **الحفاظ على خصوصية المستخدمين:** حظرت شركتا «جوجل» و»أبل» تقنية شركة (X-Mode Social) لتتبع بيانات الموقع وبيعها، من خلال مطالبة المطورين بإزالة التعليمات البرمجية لتقنية الشركة من التطبيقات، ذلك أن تلك التقنية تعتمد على إعطاء المطورين رمزاً لوضعه في التطبيقات لتتبع مواقع المستخدمين وإرسالها إلى الشركة لبيعها. وفي هذا الإطار، منحت شركة «أبل» المطورين أسبوعين لإزالة الرمز، مقابل أسبوعٍ واحدٍ منحته شركة «جوجل» للمطورين79. ومما لا شك فيه أن قيام قطاع الخاص، خاصة الشركات العابرة للحدود، بالحفاظ على خصوصية المستخدمين من شأنه تقليل التهديدات والهجمات السيبرانية في مختلف أنحاء العالم.

3- التعاون الدولي وتبادل المعلومات:

إن الأسرة الدولية في أمس الحاجة إلى تضافر الجهود للتصدي لمهددات أمن المعلومات التي تستهدف البنية الأساسية للحكومات ومؤسسات القطاع الخاص، وترسيخ آليات توفير بيئة آمنة وموثوقة للتعاملات في مجتمع المعلومات، واتخاذ التدابير اللازمة لضمان صمود البنى التحتية الحساسة للهجمات الإلكترونية، وتقديم الدعم اللازم لتوفير متطلبات الحد من المخاطر والجرائم

79. رغدة البهي، «الأمن السيبراني في 2020: بين الفرص والتحديات والحماية»، المركز المصري للفكر والدراسات الاستراتيجية، 11 يناير 2021، https://bit.ly/3ArBr7F

الإلكترونية80. وفي هذا الإطار، فإن على المجتمع الدولي التعاون من أجل اتخاذ إجراءات فعّالة لمواجهة التهديدات السيبرانية، والتي منها:

- **عقد اتفاقيات دولية:** أو إيجاد أطر قانونية دولية لمواجهة التهديدات السيبرانية. فمن أبرز المعضلات التي تؤخر الجهود الدولية عن تقنين هذا النوع الجديد من وسائل القتال وأساليبه، هو انعدام الثقة بين الدول، وبخاصة بين الولايات المتحدة الأمريكية وروسيا والصين، الأمر الذي سبب تأخير عقد العديد من الاتفاقيات سابقاً. إلا أن إبرام اتفاقية دولية في هذا الشأن مستقبلاً سيعني تحريك المسؤولية الجنائية عن دعم أي مجموعات مسلحة يمكن أن تستخدم الوسائل الإلكترونية للأغراض غير العسكرية تجاه دول أخرى أو تدريبها أو تمويلها81. وفي المجمل، سوف تجد الدول في آخر المطاف أنه من مصلحتها اتخاذ مثل هذه التدابير لحماية وصولها الآمن إلى الفضاء السيبراني والخدمات التي يمنحها82.

- **مبادرات ومنظمات دولية:** إن فاعلية الوسائل التقنية وقدرتها على التصدي للهجمات السيبرانية والحد من تداعياتها ترتبط بما يمكن أن نُطلق عليه الوسائل المساعدة أو الإجراءات المكملة لمنظومة الأمن السيبراني، وعلى رأسها تطوير المبادرات الدولية الرامية إلى تعزيز الأمن السيبراني، وذلك بالدعوة إلى تأسيس منظمة دولية معنية بالعمل على تحقيق ذلك مع توفير جميع الإمكانيات والصلاحيات اللازمة لها.

- **ترتيبات دولية لدعم الاستجابة والصمود:** في ظل شيوع الهجمات السيبرانية بشكل متزايد، يجب أن يكون النظام الدولي قادراً على استئناف

80. وائل اللبابيدي، «خبراء يطالبون عبر «البيان» بتعزيز حماية أنظمة التقنيات التشغيلية لنظم العمل»، جريدة البيان، 30 مارس 2022، https://bit.ly/3QzLRHT

81. حسن فياض، «الهجمات السيبرانية من منظور القانون الدولي الإنساني»، مجلة الدفاع الوطني اللبناني، العدد 114، أكتوبر 2020، https://bit.ly/3Araxga

82. فياض، الهجمات السيبرانية.

عملياته بسرعة حتى في مواجهة هجمة ناجحة، بحيث يحمي الاستقرار خاصة في جوانبه المالية والنقدية. فمن الضروري وضع ترتيبات دولية لدعم الاستجابة ومعاودة النشاط في المؤسسات والخدمات الدولية العابرة للحدود.

- **تعزيز إجراءات الردع الدولي:** ينبغي أن تصبح الهجمات السيبرانية أكثر تكلفة وخطراً من خلال إجراءات فعالة لمصادرة عائدات الجريمة ومقاضاة المجرمين من الأفراد والمؤسسات والدول. ومن شأن تعزيز الجهود الدولية لمنع المهاجمين وتعطيلهم وردعهم أن يقلص المخاطر من منبعها. ويتطلب هذا تعاوناً وثيقاً بين أجهزة إنفاذ القانون والسلطات المسؤولة عن البنية التحتية الحيوية أو عن الأمن، عبر الدول والهيئات المعنية.

- **تنمية قدرات الدول النامية:** ستؤدي مساعدة الاقتصادات النامية والصاعدة على بناء القدرات في مجال الأمن السيبراني إلى تعزيز الاستقرار ومعالجة المخاطر السيبرانية83 التي باتت تهدد المجتمع الدولي برمته.

- **تفعيل دور الإنتربول الدولي:** رصد الإنتربول من يناير إلى إبريل 2020 نحو 907 آلاف رسالة إلكترونية غير مرغوب فيها و737 حادثة ناجمة عن برامج خبيثة و48 ألف رابط لعناوين مواقع إلكترونية ضارة، كلها تتعلق بفيروس كورونا84. وفي هذا الإطار، يمكن تفعيل دور الإنتربول ليس فقط للحد من التهديدات السيبرانية، ولكن أيضاً لملاحقة الأفراد والمنظمات التي تقوم بتهديد الأمن والسلم في الفضاء السيبراني.

رابعاً- مبادرة «النبض السيبراني».. دراسة حالة

في إطار التحول الرقمي المتزايد في دولة الإمارات العربية المتحدة، ، وما واكبه من تنامي التهديدات الالكترونية، بصورها وأشكالها العديدة والمتنوعة، على

83. جنيفر إليوت ونايجل جنكينسون، «مخاطر السيبرانية... التهديد الجديد للاستقرار المالي»، صندوق النقد الدولي، 7 ديسمبر 2020، https://bit.ly/3Qzx0gu

84. بسمة فايد، «الحروب السيبرانية.. ترسانات رقمية وتهديدات دولية»، المركز الأوروبي لدراسات مكافحة الإرهاب والاستخبارات،12 أكتوبر 2020، https://bit.ly/3weuGn0

الدولة والمجتمع وبنيتهما التحتية الحيوية، اتخذت الحكومة الإماراتية العديد من الإجراءات والتدابير والمبادرات لتعزيز أمنها السيبراني وتأمين فضائها الإلكتروني. ومن أهم هذه الجهود تنفيذ شبكة إلكترونية اتحادية (FedNet) تسمح بالتوصيل البيني، وتبادل البيانات بين جميع الجهات المحلية والاتحادية في الدولة، وتعزز قنوات التواصل فيما بينها باستخدام بنية تكنولوجية موحدة وآمنة. كما أسست مركز الاستجابة الوطني لطوارئ الحاسب الآلي (aeCERT)، الذي يهدف إلى تحسين معايير أمن المعلومات وممارساته، وحماية البنى التحتية لقطاع الاتصالات وتقنية المعلومات من مخاطر شبكة الإنترنت واختراقاتها. واتخذت مبادرات عدة في السلامة الإلكترونية، مثل مبادرة سالم التوعوية، وسفراء الإمارات للأمن الإلكتروني، ومبادرة الابتزاز الإلكتروني، ومبادرة سايبر سي 3 (Cyber C3)، وشهادة المواطنة الرقمية. كما أصدرت دولة الإمارات الاستراتيجية الوطنية للأمن السيبراني؛ بهدف خلق بيئة سيبرانية آمنة وصلبة للأفراد والأعمال، ودعم معايير الأمن الإلكتروني85.

1. مضمون المبادرة وأهدافها:

وفي هذا الإطار، أطلق مجلس الأمن السيبراني لحكومة الإمارات مبادرة «النبض السيبراني Cyber Pulse» في بداية عام 2022. وتأتي هذه المبادرة في ظل التطور التكنولوجي وتزايد أعداد مستخدمي التقنيات الرقمية التي واكبها تنامي التهديدات السيبرانية التي جعلت تحصين الأمن السيبراني إحدى الأولويات القصوى؛ إذ أضحى بُعداً أصيلاً وقطاعاً أساسياً من قطاعات أمن الدول قومياً ووطنياً.

وتهدف مبادرة «النبض السيبراني» إلى توعية أفراد المجتمع الإماراتي من مخاطر الجرائم الإلكترونية الناتجة عن استخدامات الأجهزة الإلكترونية، سواء

85. البوابة الرسمية لحكومة دولة الإمارات العربية المتحدة، السلامة السيبرانية والأمن الرقمي، 2 أغسطس 2022، https://2u.pw/XYLbd

كانت تلك الاستخدامات لأهداف العمل أو للتسلية؛ فمخاطرها تتعدى البعد المادي لها لتصل في أحيان كثيرة إلى بعد نفسي قد يؤثر في حياة الفرد نفسه، أو أن يتم توظيفه لجرائم أكبر ضد الدولة86. بعبارة محددة، تهدف المبادرة إلى بناء وتعزيز ثقافة الأمن السيبراني.

ومع توسع انتشار تكنولوجيا المعلومات وترسخ استخدام الفضاء الإلكتروني في حياتنا اليومية، تزداد احتمالات الهجمات من قِبَل فاعلين طالحين من الدول ومن غير الدول. وتشير تقديرات مكتب مدير الاستخبارات القومية الأمريكي، مثلاً، إلى تطوير أكثر من 30 دولة برامج عمليات إلكترونية هجومية. وبالإضافة إلى ذلك، تتوافر هذه القدرات على نحو متزايد بين أيدي الفاعلين الإجراميين من غير الدول. وينطوي انتشار القدرات الإلكترونية الهجومية وازدياد توافرها تجارياً على إمكانية زعزعة استقرار الحكومات وتهديد تكنولوجيا الإنترنت التي يزداد اعتمادنا عليها87.

بعبارة أخرى، إن الاعتماد على التكنولوجيا ورقمنة الحياة بشكل كلي يحمل تهديدات متعلقة بالأمن السيبراني قد تقود إلى زعزعة أمن الدول واستقرارها والضرر بسلامة الأفراد والمؤسسات، الأمر الذي برزت معه الحاجة إلى ابتكار طرق وآليات لحماية منجزات التحول الرقمي وتأمينها. وفي هذا الإطار، تسعى مبادرة «النبض السيبراني» إلى تحسين معايير الأمن السيبراني وممارساته في دولة الإمارات، وحماية البنية التحتية الرقمية، وخلق بيئة سيبرانية آمنة وصلبة، تمكن الأفراد والمؤسسات من الاستخدام الآمن للتقنيات الحديثة.

وبصورة إجمالية، تهدف مبادرة «نبض الأمن السيبراني» إلى الإسهام في

86. محمد الصوافي، «النبض السيبراني... كلنا مسؤول»، جريدة البيان، 29 يوليو 2022.

87. جون إس. ديفيس الثاني وآخرون، «تهديدات مجهولة المصدر: نحو مساءلة دولية في الفضاء الإلكتروني». سانتا مونيكا، فلوريدا، مؤسسة راند. 2017.

تأمين الفضاء الإلكتروني لدولة الإمارات العربية المتحدة، عن طريق كوادر مواطنة على أعلى مستوى من المعرفة والجاهزية، ونشر التوعية الرقمية بين أعضاء المجتمع، وتعزيز ثقافة المسؤولية المجتمعية عن أمن أحد أهم المجالات الحيوية في الدولة؛ الأمن السيبراني88.

وفي ضوء التحول الرقمي في المجتمع، فإن مجلس الأمن السيبراني يستهدف بمبادرته المبتكرة ضمانَ تحولٍ رقمي آمن، يمكّن الجميع من الاستخدام «الرقمي» الآمن، ويحقق أهداف الدولة في التنمية المستدامة. فهذه المبادرة تواكب التطورات الهائلة في مجالات تكنولوجيا المعلومات والاتصالات والرقمنة التي تشهدها دولة الإمارات، وانخراط القطاعات الاقتصادية والخدمية بها في الثورة الصناعية الرابعة ذات التوجه الرقمي، وما تتيحه من فرص وما تفرضه من مخاطر. كما أن هذه المبادرة تأتي لمراكمة التقدم الذي أحرزته دولة الإمارات في جهود السلامة السيبرانية.

2. دور أفراد المجتمع في المبادرة:

إن الأمن السيبراني ليس مسؤولية مؤسسة واحدة أو شخص واحد، وإنما هو مسؤولية الجميع؛ فالأمن هو نبض، ومن هنا جاءت مبادرة «النبض السيبراني»، حيث تسعى هذه المبادرة المبتكرة إلى تحويل قضية الأمن السيبراني إلى همٍّ مجتمعي مشترك ودائم؛ يتتابع الإحساس به ويتجدد الشعور بأهميته مع كل نبضٍ يصدر عن أفراد المجتمع، مواطنين ومقيمين، نساءً ورجالاً، آباء وأمهات، طلاباً وموظفين، ناشئةً وشباباً وكهولاً. وذلك أنّ أول ما تريد المبادرة غرسه هو أنّ تأمين الفضاء الإلكتروني لدولة الإمارات هو مسؤولية هؤلاء

88. محمد الكويتي، حوار تريندز (2): النبض السيبراني، جلسة حوارية نظمها مركز تريندز للبحوث والاستشارات، 27 يوليو 2022. https://www.youtube.com/watch?v=32rpRXdTsn4

جميعاً[89]؛ فالمجتمع والفرد نفسه هما حائط الدفاع الأول ضد التهديدات الإلكترونية العديدة والمتنوعة، سواءً كانت جرائم إلكترونية أو إرهاباً إلكترونياً أو حروباً موجهة ضد الدولة في الفضاء السيبراني. ولا تركز المبادرة على شريحة مجتمعية معينة، أو أنها موجهة لمجموعة معينة، وإنما تحمل شعار «الجميع مسؤول» لأننا نحمل في أيدينا أجهزة طبيعتها الاستخدام الآمن والعادي، ولكنها قد تتحول في لحظة إلى أداة جريمة إلكترونية. فهي مبادرة شاملة تستهدف شرائح المجتمع جميعها، كما أنها ركيزة لمشروعات الخمسين الرقمية، ضمن مشاريع الخمسين الاستراتيجية لدولة الإمارات (سبتمبر 2021)، والتي تهدف إلى بدء مرحلة جديدة من التنمية على المستويين المحلي والدولي، في الـ 50 عاماً الثانية من عمر الدولة.

وتسعى المبادرة إلى بث هذا «النبض» السيبراني، ونشر التوعية الإلكترونية في كل أفراد المجتمع، مواطنين ومقيمين. وذلك أن مبادرة «النبض السيبراني» مبادرة وطنية شاملة Whole-nation Approach. وعن طريق هذه المبادرة، «نحاول نشر ثقافتنا وقيمنا وعاداتنا وتقاليدنا ومعايير السلوك الوطني؛ لتعزيز مناعة خط دفاعنا الأول ضد الهجمات الإلكترونية التي تستهدف الدولة والمجتمع[90]. بعبارة أخرى، تستهدف المبادرة شرائح المجتمع كافة، من الجنسين، ولاسيما النساء والأطفال، وكل مراحل التعليم العام والجامعي، في كل إمارات الدولة ومناطقها المختلفة.

ذلك أن مجلس الأمن السيبراني يؤمن بأن إشراك الفرد المجتمعي (المواطن أو المقيم) أمر فيه قدر كبير من الأهمية والإدراك بأن الجميع شركاء في الحفاظ على أمن المجتمعات واستقرار ها؛ من منطلقين اثنين مهمين: يشير

---

89. محمد مسعود الأحبابي، نبض الأمن السيبراني، الاتحاد، 4 سبتمبر 2022.

90. محمد الكويتي، حوار تريندز (2).

المنطلق الأول إلى تزايد استخدام التكنولوجيا الرقمية حتى باتت تسمية (الإنسان الرقمي) مصطلحاً دارجاً، وفي هذا الجانب تحتل الإمارات مرتبة متقدمة بين دول العالم في استخدام التكنولوجيا وتوظيف التقنية الرقمية في المعاملات اليومية، وتكافح بقوة، جميع أدوات الإجرام الإلكتروني. أما المنطلق الثاني فيتعلق بشمولية أمن المجتمع، فإذا كان المستهدف الأساسي من الهجمات السيبرانية هو اقتصادات الدولة، وهو الأشهر في هذه الهجمات العالمية (طبعاً مع الاعتراف بوجود أنواع كثيرة من الهجمات لإحداث شلل في العمل الحكومي بين الدول)، إلا أن هناك «حيلاً» كثيرة تبدأ من خلال اختراق أفراد المجتمع، سواء من خلال الرسائل النصية القصيرة، أو الاستعطاف من خلال وسائل التواصل الاجتماعي في جمع تبرعات مالية إنسانية91.

أما عن الدور المنتظر من أفراد المجتمع، فيبدأ بأن يحرص كلٌّ على تأمين نفسه بنفسه، ومد مظلة الأمن إلى أفراد أسرته. وفي هذا الخصوص، بدأ مجلس الأمن السيبراني بالتعاون مع الاتحاد النسائي العام في عقد ورشة تدريبية لـ 50 منتسبة لتأهيلهن بالخبرات والمعارف المتطورة بمجال الأمن السيبراني؛ لتؤدي كل واحدة منهن رسالةً تبث التوعية السيبرانية في أكبر عدد ممكن من أفراد المجتمع. ومع استمرار التدريب، وتواتر التوعية، يصبح المجتمع كله آمناً مؤمّناً مسهماً في نشر مظلة الأمن السيبراني في مختلف أرجاء الوطن.

3. الولاء الوطني السيبراني:

لابد أن يعكس الاستخدام الإلكتروني القيم المجتمعية؛ وهذا ما يعبر عنه بـ "الولاء الوطني السيبراني». فالولاء الوطني السيبراني يعني أن يعكس التحول الرقمي وتوظيف الفضاء الإلكتروني مجموعة من القيم والعادات والتقاليد الوطنية، ترسخ الولاء للوطن وقيادته السياسية؛ على أساس أن الفضاء السيبراني

91. الصوافي، النبض السيبراني.

جزءٌ لا يتجزأ من أرض الوطن. وقيمة الولاء تلك تنسحب على جميع أفراد المجتمع، مواطنين ووافدين.

وربما يتحقق «الولاء الوطني السيبراني» عن طريق تطبيق المبادرة على نطاقٍ واسع في المجتمع؛ لإشراك أفراد المجتمع في تأمين أنفسهم والآخرين ومجتمعهم وفضائهم السيبراني من ناحية، ونشر الأمن السيبراني، من ناحية أخرى.

ويمكن تصنيف وسائل تطبيق المبادرة على نطاقٍ واسع في ثلاثة محاور، هي: المحور الإعلامي (الذي يتضمن وسائل الإعلام المختلفة التقليدية منها والجديدة، وكذلك الإدارات الإعلامية في مراكز البحوث، وفي مقدمتها مركز تريندز للبحوث والاستشارات)، والمحور التعليمي (تضمين التوعية السيبرانية في المناهج التعليمية وتدريب الطلاب)، ومحور القطاع الخاص بشركاته ومؤسساته الاقتصادية المختلفة.

وتتضمن المبادرة سلسلة متواصلة من البرامج التدريبية التي تستهدف جميع القطاعات في الدولة، ولاسيما قطاعات البنية التحتية الحساسة، وذلك للوصول إلى الهدف الأسمى، وهو إعداد جيل من فرق العمل الإماراتية المالكة لأعلى مستوى من التدريب والتأهيل في مجال أمن المعلومات. ويشتمل البرنامج التدريبي للمبادرة على الاستجابة لحوادث أمن المعلومات، والتعامل مع مراكز إدارة أمن المعلومات، إضافة إلى التدريب العملي عبر محاكيات الهجمات الإلكترونية92.

وقد تم إطلاق أولى مراحل المبادرة في يونيو 2022، بالتعاون مع الاتحاد النسائي العام، وحملت اسم «مبادرة النبض السيبراني للمرأة». وفي هذا الخصوص،

---

92. «محمد الكويتي: «النبض السيبراني استخدام آمن للتقنيات الحديثة»، جريدة الاتحاد، 28 يوليو 2022.

تـم تنظيـم ورشـة تدريبيـة لفائـدة النسـاء الإماراتيـات، ليجـري تمكينهـن مـن الاضطـلاع بـدور طلائعـي في التوعيـة بالأمـن السـيبراني ومختلـف قضايـاه، فتكـون المـرأة خير حاملـة لرسـالة هـذا النـوع الحساس مـن الأمـن. ومـع اسـتمرار التدريـب، وتواتـر التوعيـة، يصبـح المجتمـع كلـه آمنـاً مُؤمَّنـاً مسـهماً في نـشر مظلـة الأمـن السـيبراني عـلى كل أرجـاء الوطـن. وجـاءت هـذه المبـادرة لمراكمـة التقـدم الـذي أحرزتـه سلسـلة دورات «القيـادة الرقميـة للمـرأة الإماراتيـة»، التـي نظمهـا الاتحـاد النسـائي العـام وبرنامـج خليفـة للتمكـين «أقـدر»، وشـارك فيهـا أكـثر مـن سـبعة آلاف مشروع قائدة رقمية مواطنة.

عـلاوة عـلى ذلـك، فقـد أعلـن مجلـس الأمـن السـيبراني عـن إطـلاق المرحلـة الآتيـة مـن مبـادرة «النبـض السـيبراني»، التـي تحمـل اسـم «النبـض السـيبراني للطلبـة»، وتنطلـق مـع بدايـة العـام الأكاديمـي 2022-2023، وذلـك بالتعـاون مـع كليـات التقنيـة العليـا ومجموعـة مـن الجامعـات في الدولـة. وتسـتهدف هـذه المبـادرة تأهيـل 3000 طالـب وطالبـة في المرحلـة الجامعيـة مـن تخصصـات أمـن المعلومـات أو تقنيـة المعلومـات للقيـام بـأدوار رئيسـية، في مجـال الأمـن السـيبراني لمؤسسات الدولة93.

93. «إطلاق مبادرة النبض السيبراني للطلبة لتأهيل 3000 جامعي»، جريدة البيان، 29 يوليو 2022.

خاتمة

عمدت هذه الدراسة إلى استقصاء تطور مفهوم «الأمن السيبراني»، وتحليل الاتجاهات المتباينة في تصوره، واستقراء سبل مواجهة التهديدات السيبرانية، وعرض مبادرة «النبض السيبراني» الإماراتية، في سياق محاولات الدول والمجتمعات تأمين فضائها الإلكتروني.

وقد خلصت الدراسة إلى أن مفهوم «الأمن السيبراني» نشأ في السياق الأمريكي في أواخر الثمانينيات من القرن المنصرم، لكننا لم نشهد استخداماً مكثفاً له وانتشاراً واسعاً لمجالاته على نطاق واسع إلا مع بداية العقد الأول من القرن الحالي. ومع كونه حديث العهد نسبياً، فقد تنازعت «الأمنَ السيبراني» أربعة اتجاهات مترابطة، وهي الاتجاه التقني، واتجاه الجريمة والتجسس، واتجاه الدفاع العسكري-المدني، واتجاه الأمننة. إذ يهتم الاتجاه التقني بالبرمجيات الخبيثة واختراقات النظم، وموضوعات التهديد الرئيسية فيه هي أجهزة الحاسوب والشبكات الإلكترونية، والفاعلون الأساسيون هنا هم خبراء الحاسوب وصناعة مكافحة الفيروسات. أما اتجاه الجريمة-التجسس فيُعنى بظاهرتي الجريمة السيبرانية والتجسس السيبراني، وتتمثل موضوعات التهديد الرئيسية به في شبكات الأعمال الإلكترونية والشبكات الحكومية (المعلومات السرية)، أما الفاعلون الأساسيون هنا فهي أجهزة إنفاذ القانون وأجهزة الاستخبارات. ويتطرق اتجاه الدفاع العسكري-المدني إلى الحروب السيبرانية وحماية البنية الحيوية، وتُعد الشبكات العسكرية أو شبكات القوات المسلحة والبنية المعلوماتية الحيوية هي موضوعات التهديد الرئيسة فيه، أما الفاعلون الأساسيون هنا فهم

خبراء الأمن القومي والمؤسسة العسكرية وهيئة الدفاع المدني. أما الاتجاه الرابع، فهو اتجاه الأمننة؛ إذ يُعنى بتحويل قضية التهديدات السيبرانية إلى قضية أمن قومي، والفاعلون الرئيسون في هذا الاتجاه هم صانعو القرار الرئيسيون أو القيادة السياسية، وموضوعات التهديد هنا تتمثل في الأمن القومي للدولة، ومؤسساتها وأجهزتها الحيوية.

وعلى صعيد مهددات الأمن السيبراني، تناولت الدراسة تعريف التهديدات السيبرانية، وأنواعها Types of cyber threats، ومصدر التهديدات، والوسائل المستخدمة فيها، وأنماط التهديدات السيبرانية التي تتمثل في الحرب السيبرانية، والتجسس السيبراني، والإرهاب الإلكتروني والجريمة السيبرانية، التي تهدف إلى تحقيق نشر الرعب والخوف بين الدول والشعوب المختلفة والإخلال بالأمن العام وزعزعة الطمأنينة، وإلحاق الضرر بالبنية التحتية المعلوماتية وتدميرها، وإلحاق الضرر بوسائل الاتصالات وتقنية المعلومات، أو بالأموال والمنشآت العامة والخاصة، وجمع الأموال اللازمة لتمويل العمليات الإرهابية.

وعن كيفية مواجهة التهديدات السيبرانية، تناولت الدراسة أولاً سبل المواجهة التقنية والتكنولوجية من خلال تقوية قدرة أنظمة المعلومات الإلكترونية على الصمود، والتأمين المستمر للشبكات، ومأسسة الأمن السيبراني. ثانياً، تم توضيح الأدوار والمسؤوليات المنوطة بالدول وبمؤسسات القطاع الخاص. وثالثاً، على صعيد التعاون الدولي أشارت الدراسة إلى ما ينبغي اتخاذه من إجراءات فاعلة لمواجهة التهديدات السيبرانية ومن تلك الإجراءات: ضرورة عقد اتفاقيات دولية، وإيجاد مبادرات وترتيبات لدعم الاستجابة والصمود على المستوى الدولي، وتعزيز إجراءات الردع، وتفعيل دور الإنتربول الدولي.

وأخيراً، وليس آخراً، تناولت الدراسة مبادرة «مبتكرة» في الأمن السيبراني، وهي مبادرة «النبض السيبراني». ومبعث ابتكارها يعود إلى تعزيزها لفكرة

المسؤولية المجتمعية (بمعنى تعزيز مسؤولية الفرد المجتمعي، مواطناً كان أو وافداً) في تأمين الفضاء الإلكتروني لدولة الإمارات، وإلى شموليتها لكل شرائح المجتمع كماً ونوعاً، وإلى إنماء مفهوم الولاء السيبراني الوطني.

قائمة المراجع

المراجع العربية

أولاً- المصادر الأولية

- البوابة الرسمية لحكومة دولة الإمارات العربية المتحدة، السلامة السيبرانية والأمن الرقمي، 2 أغسطس 2022، https://2u.pw/XYLbd .
- مكتب الأمم المتحدة الإقليمي المعني بالمخدرات والجريمة للشرق الأوسط وشمال أفريقيا. (د.ت.). الجريمة السيبرانية، مستخرج بتاريخ 20 أغسطس. https://www.unodc.org/romena/ar/cybercrime.html

ثانياً- الكتب والرسائل العلمية

- الحنيطي، ماجد. (2017). الحرب الإلكترونية وأثرها على الصراعات الدولية المعاصرة. جامعة مؤتة. أطروحة دكتوراه.
- ديفيس الثاني، جون إس. وآخرون. (2017). تهديدات مجهولة المصدر نحو مساءلة دولية في الفضاء الإلكتروني. مؤسسة راند.
- طارق، إسراء والجابري، جواد كاظم. (2012). جريمة الإرهاب الإلكتروني- دراسة مقارنة. جامعة النهرين. رسالة ماجستير https://bit.ly/3dLl1xY.

ثالثاً- الدوريات

- جواد، أنمار موسى. (2016). حرب الفضاء الإلكتروني: المفهوم-الأدوات والتطبيقات. مجلة العلوم القانونية والسياسية، جامعة ديالى 5(2): 122-152.

- الدويك، عبدالغفار عفيفي. (2018). مستقبل الصراع السيبراني العالمي في القرن الـ 21. السياسة الدولية، 53 (214): 30-45.

رابعاً- المجلات والصحف

- ««فيروسات الفدية» ... معضلة كبرى تتطلب جهوزية عالية»، الشرق الأوسط، 21 يونيو 2022، https://bit.ly/3dnjTRr عبد الله، محمد عمر. (2022، 13 مارس). الإمارات والابتكار: قاطرةٌ ومقطورة. جريدة الاتحاد.

- «إطلاق مبادرة النبض السيبراني للطلبة لتأهيل 3000 جامعي». جريدة البيان. 29 يوليو 2022.

- «محمد بن راشد يطلق استراتيجية الإمارات للذكاء الاصطناعي»، الإمارات اليوم، 17 أكتوبر 2017، https://bit.ly/3Lq5WyG.

- الأحبابي، محمد مسعود (2022، 4 سبتمبر). نبض الأمن السيبراني، الاتحاد.

- الأعصر، هاني. (2021، 3 أكتوبر). الفضاء الإلكتروني.. تهديدات متزايدة تفوق القدرات التقليدية للدول. مجلة درع الوطن. https://bit.ly/3bXkZ5P.

- الحمدان، منيرة. (2019، 12 فبراير). التجسس السيبراني. جريدة الرياض. https://bit.ly/3wIHm6b

- الدربي، فاطمة عبدالله. (2022، 17 أغسطس). ما هو الأمن السيبراني؟ جريدة البيان. https://www.albayan.ae/1.3306846 .

- السيد، داليا. (2021، 5 يوليو). الهجمات السيبرانية.. تهديد متعاظم للأمن والاستقرار والاقتصاد العالمي. مجلة درع لوطن. https://bit.ly/3CeSDyG .

- الصوافي، محمد. (2022، 29 يوليو). النبض السيبراني... كلنا مسؤول. جريدة البيان.

- فياض، حسن. (2020، أكتوبر). الهجمات السيبرانية من منظور القانون الدولي الإنساني. مجلة الدفاع الوطني اللبنانية. العدد 114. https://bit.ly/3Araxga .

- الكويتي، محمد. (2022، 28 يوليو). النبض السيبراني استخدام آمن للتقنيات الحديثة. جريدة الاتحاد.

- اللبابيدي، وائل. (2022، 30 مارس). خبراء يطالبون عبر «البيان» بتعزيز حماية أنظمة التقنيات التشغيلية لنظم العمل. جريدة البيان. https://bit.ly/3QzLRHT

خامساً- المنشورات الإلكترونية

- «أمن البيانات»، ريناد المجد لتقنية المعلومات (RMG)، 2022، https://bit.ly/3DAbmoJ .

- أسعد، غوى (2022، 18 يوليو). «مبادرات "الإمارات" تجذب الأنظار.. هل ستصبح المركز العالمي للبلوكتشين والعملات الرقمية؟»، آنلوك ميديا، https://bit.ly/3dmVRGf.

- إليوت، جنيفر وجنكينسون، نايجل (2020، 7 ديسمبر). مخاطر السيبرانية... التهديد الجديد للاستقرار المالي. صندوق النقد الدولي. https://bit.ly/3Qzx0gu.

- الأمن السيبراني ونصائح السلامة السيبرانية. (2020، 2 يوليو). موقع القيادي. https://bit.ly/3wgiQZF .

- الباحثون السوريون، «الفرق بين أمن المعلومات وأمن الشبكات»، د.ت. https://2u.pw/XqNll.

- باكير، علي حسين (2010، 7 ديسمبر). المجال الخامس: الحروب الإلكترونية في القرن الحادي والعشرين، مركز الجزيرة للدراسات. https://2u.pw/LKJ2E.

- البهي، رغدة. (2019، 11 يناير). الأمن السيبراني في 2020: بين الفرص والتحديات والحماية. المركز المصري للفكر والدراسات الاستراتيجية. https://bit.ly/3ArBr7F .

- البهي، رغدة. (2021، 10 نوفمبر). فيروس الفدية: الدفع أو الحذف والتشفير. المركز المصري للفكر والدراسات الاستراتيجية. https://bit.ly/3Pto7DX.

- تكنوتل التقنية والأعمال (2020، 24 ديسمبر). ما هي أخطر تهديدات الأمن السيبراني للعام 2020؟ https://bit.ly/3K0cdk1.

- سايبر وان. (2022، 3 مارس). أنواع التهديدات السيبرانية. https://bit.ly/3dsC1ZG.

- شفيق، نوران. (2020، 29 يناير). أشكال التهديدات الإلكترونية ومصادرها. المركز الأوروبي لدراسات مكافحة الإرهاب والاستخبارات. https://bit.ly/3wc6sKl.

- عادل، هدير. (2022، 12 أبريل). إرهاب سيبراني.. كيف حولت إيران «حزب الله» لقوة فيروسية؟ العين الإخبارية. https://bit.ly/3BRawD2.

- عبد الرحمن، عبد الستار. (2020، 23 فبراير). «الإرهاب السيبراني - خطر يهدِّد العالم»، التحالف الإسلامي العسكري لمحاربة الإرهاب، https://bit.ly/3RSRqBL

- فايد، بسمة. (2020، 12 أكتوبر). الحروب السيبرانية.. ترسانات رقمية وتهديدات دولية. المركز الأوروبي لدراسات مكافحة الإرهاب والاستخبارات. .https://bit.ly/3weuGn0

- المركز الأوروبي لدراسات مكافحة الإرهاب والاستخبارات. (2022، 15 أغسطس). مخاطر الهجمات السيبرانية على أمن أوروبا، 15 أغسطس 2022، .https://bit.ly/3Sbygaa

- مورر، تيم ونيلسون، آرثر. (2021). التهديد السيبراني العالمي، التمويل والتنمية. صندوق النقد الدولي. .https://bit.ly/3Qo2eY1

- «ما هو فيروس الفدية الذي غزا العالم؟»، قناة العربية، 15 مايو 2017، https://bit.ly/3ShwCnE

- نادر، ميشيل. (2021، 17 نوفمبر). الهجمات الإلكترونية من أكبر التهديدات للبشرية.. وحماية البيانات تحدٍّ كبير. موقع followict. https://bit.ly/3wcVfJz.

سادساً- أخرى

- الكويتي، محمد. (2022، 27 يوليو). حوار تريندز (2): النبض السيبراني. جلسة حوارية نظمها مركز تريندز للبحوث والاستشارات. https://www.youtube.com/watch?v=32rpRXdTsn4 .

- د. م. (2016، أبريل). الإرهاب الإلكتروني. ورقة مقدمة إلى المؤتمر الأول للجرائم الالكترونية في فلسطين. جامعة النجاح الوطنية، نابلس. https://bit.ly/3ADhWsX .

المراجع الإنجليزية

Books:

Buzan, B. & Hansen, L. (2009). The Evolution of International Security Studies. Cambridge University Press.

Buzan, B; Wæver & de Wilde, J. (1997). Security: A New Framework for Analysis. Lynne Rienner Publishers.

Caveltry, MD. (2019). Cyber-Security. In A. Collins (Ed.). Contemporary Security Studies, Fifth edition (pp. 401421-). Oxford University Press.

Johan E. & Giampiero, G. (2007). Conclusion: Digital-age security in theory and practice. In E. Johan & G. Giampiero. International Relations and Security in the Digital Age (173184-). Taylor & Francis e-Library.

Johnson, T. A. (2015). Historical Reference Points in the Computer Industry and Emerging Challenges in Cybersecurity. In T. A. Johnson (Ed.), Cyber Security, Protecting Critical Infrastructures from Cyber Attack and Cyber Warfare (pp. 132-). CRC Press Taylor & Francis Group.

Schwab, K. (2017). The Fourth Industrial Revolution. New York, Currency Books.

Lewis, J. A. (2002). Assessing the Risks of Cyber Terrorism, Cyber War and Other Cyber Threats. Center for Strategic and International Studies.

Lord, K. M. & Sharp, T. (2011). Cyber Insecurities: The 21st Century Threatscape. In K. M. Lord & T. Sharp. America's Cyber Future Security and Prosperity in the Information Age. Volume I (1729-). Center for a New American Security.

Nye, J. S. Jr. (2011). Cyber Insecurities: The 21st Century Threatscape. In K. M. Lord & T. Sharp. America's Cyber Future Security and Prosperity in the Information Age. Volume II (419-). Center for a New American Security.

Paleri, P. (2008). National Security: Imperatives and Challenges. Tata McGraw-Hill.

Schmitt, M. N. (2013). Tallinn-Manual, the International Law Applicable to Cyber Warfare. Cambridge University Press.

Wæver, O. & Lipschutz, R. D. (1995). Securitization and Desecuritization. In Ronnie D. Lipschutz (Ed). On Security (pp.4686-). Columbia University Press.

Periodicals:

Stevens, T. (2018). Global cyber security: New Directions in Theory, Politics and Governance, 6(2): 14-. DOI: 10.17645/pag.v6i2.1569.

Schmitt, M. N. (2014). The Law of Cyber Warfare: Quo Vadis? Stanford Law & Policy Review, 25: 269300-.

Walker, C.; Kalathil, S. & Ludwig, J. (2020). The Cutting Edge of Sharp Power. Journal of Democracy, 31(1): 12437-.

Whyte, C. (2018). Crossing the Digital Divide: Monism, Dualism and the Reason Collective Action is Critical for Cyber Theory Production. Politics and Governance, 6(2): 734-.

Yaakov, A. (2016, August 30). Cyberspace, the Final Frontier. BESA Center Perspectives, Paper No. 360.

Yaakov, A. (2016, August 30). Cyberspace, the Final Frontier. BESA Center Perspectives Paper, No. 360.

l) Thesis/Dissertation:

- Gobran, A. (2015). Cyber terrorism threats [Unpublished master's thesis]. Utica College.
- Zaharias, D. A. (2016). Applying Deterrence Concepts to the Cyber Realm. (Publication No. 10109603) [Master's thesis, Utica College]. ProQuest Dissertations Publishing.

Wrenn, C. F. (2012). Strategic Cyber Deterrence, (master thesis), ProQuest.

Webpage:

Brake, B. (2015, May). Strategic Risks of ambiguity in Cyberspace. Council on Foreign Relations. https://on.cfr.org/3psA1U6.

CLOUDFLARE. (n.d.). What is a DDoS attack? https://2u.pw/FQ1to.

R. Joven & E. Ananin (2018, October 26). DDoS-for-Hire Service Powered by Bushido Botnet. Fortinet. https://2u.pw/GkS15.

Others:

Wæver, O. (2003). Securitisation: Taking stock of a research programme in Security Studies. Unpublished draft.

نبذة عن الكاتب

سعادة الدكتور محمد الكويتي

رئيس الأمن السيبراني

حكومة دولة الإمارات العربية المتحدة

تم تعيين سعادة الدكتور محمد الكويتي من قبل مجلس الوزراء في منصب رئيس الأمن السيبراني لحكومة الإمارات العربية المتحدة منذ عام 2020. وبصفته رئيساً للأمن السيبراني، تشمل مسؤولياته شغل منصب رئيس مجلس إدارة مجلس الأمن السيبراني لدولة الإمارات العربية المتحدة، ومنصب المدير العام للمركز الوطني للبيانات التابع للمجلس الأعلى للأمن الوطني.

يتمتع الدكتور الكويتي بالسلطة القانونية على جميع الجوانب المتعلقة بتأمين الفضاء السيبراني للدولة بأكملها.

تم تكليف الدكتور الكويتي بمسؤولية إعداد استراتيجية شاملة للأمن السيبراني تمكن دولة الإمارات العربية المتحدة من دخول العصر الرقمي.

ويعمل الدكتور الكويتي أيضاً لضمان ريادة دولة الإمارات العربية المتحدة في مجال الأمن السيبراني على مستوى العالم وترسيخ مكانة الإمارات كمركز رقمي عالمي موثوق به، كما أنه يعمل لدعم أجندة التحول الرقمي في الدولة، ويمكّن مستقبلاً رقمياً آمناً لجميع المواطنين والمقيمين الذين جعلوا من الإمارات منزلاً لهم. ولتحقيق هذه الغاية، قاد الدكتور الكويتي المجلس نحو

بناء خطة تنفيذية لحماية الفضاء السيبراني لدولة الإمارات، حيث تعتمد هذه الخطة على توظيف التكنولوجيا الناشئة؛ مثل السحابة والبيانات الضخمة والذكاء الاصطناعي في نهج حكومي شامل ينسق وينظم الجهود بين الإمارات والجهات الحكومية المختلفة من خلال منصة موحدة تابعة للمجلس.

تحت قيادة الدكتور الكويتي، تقدمت دولة الإمارات العربية المتحدة 33 مركزاً في مؤشر الأمن السيبراني العالمي الصادر عن الاتحاد الدولي للاتصالات لتحتل الآن المركز الخامس عالمياً مقارنة بالمركز 38 في التصنيف السابق. كما مكن الدكتور الكويتي الإمارات من تحقيق العديد من الإنجازات الجديدة، بما في ذلك دخول موسوعة غينيس للأرقام القياسية لمشاركة أكبر عدد من الأشخاص في مسابقة سيبرانية للسيطرة على العلم (CTF)، وإطلاق أكبر مسابقة من نوعها تحت اسم «تصدي الثغرات»، وتهدف جميع هذه المبادرات إلى دعم بناء القدرات في مجال الأمن السيبراني وتحسين الكفاءات الفنية للمتخصصين في الأمن السيبراني.

يلعب الدكتور الكويتي دوراً فعالاً في تعزيز قيمة الأمن السيبراني وأهميته، باعتباره عاملاً ممكّناً ومهماً للأعمال. منذ عام 2021 بدأ الدكتور الكويتي العمل كسفير للتعاون بين الحكومة والوكالات السيبرانية، مما ساعد على إيجاد صلة وصل بين الجهات المعنية الرئيسية في نظام الاقتصاد الرقمي. وتمكن من خلال دوره في المجلس من بناء شراكات مهمة بين مجلس الأمن السيبراني الإماراتي والقطاعين العام والخاص من بينها شراكات مع مؤسسات الأمن السيبراني المحلية والدولية الرائدة بهدف المساهمة بشكل إيجابي في تحقيق الأجندة السيبرانية لدولة الإمارات وتمكينها من التحول إلى قوة رئيسية قادرة على دعم مجال الأمن السيبراني العالمي. بالإضافة إلى ذلك، ساهمت الاتفاقيات الثنائية المبرمة مع دول المنطقة والعالم في تبادل المعلومات، وتنمية القدرات وإنشاء معاهدات المساعدة القانونية، حيث مكنت الاستراتيجية

الوطنية للأمن السيبراني التي وضعها الدكتور الكويتي من تحقيق جميع هذه النتائج الرئيسية التي تدعم تحقيق رؤية دولة الإمارات العربية المتحدة للخمسين سنة القادمة.

وبالإضافة إلى منصبه في إدارة مجلس الأمن السيبراني، يتمتع الدكتور الكويتي بالعضوية في مجالس إدارة مجلس الإمارات لجودة الحياة الرقمية، وهيئة تنظيم الاتصالات والحكومة الرقمية (TDRA)، والمركز الاتحادي للمعلومات الجغرافية، واللجان الاستشارية لكلية تكنولوجيا المعلومات التابعة لجامعة الإمارات العربية المتحدة، ومركز الإمارات للابتكار في الاتصالات وتكنولوجيا المعلومات (EBTIC) التابع لجامعة خليفة. كما يعمل أستاذاً مساعداً في برنامج الأمن الوطني في أكاديمية ربدان ومحاضراً زائراً في الأمن السيبراني في جامعة خليفة وكلية الدفاع الوطني في أبوظبي.

قبل أن يشغل مناصبه الحالية، عمل الدكتور الكويتي منذ عام 2013 في العديد من المناصب داخل الهيئة الوطنية للأمن الإلكتروني، حيث شغل مؤخراً منصب المدير التنفيذي للعمليات الحكومية الذي تطلب منه إدارة العلاقات الحكومية الوطنية والدولية. كما شغل منصب كبير المحللين الفنيين في وزارة الداخلية التي عمل فيها في مناصب أخرى، مثل مدير العمليات ورئيس قسم التكنولوجيا في مركز مكافحة الإرهاب.

بدأ الدكتور الكويتي حياته المهنية التي امتدت 20 عاماً كملحق عسكري في سفارة الإمارات العربية المتحدة في واشنطن العاصمة.

نشر الدكتور الكويتي العديد من الأوراق البحثية وألقى خطابات في العديد من المؤتمرات، مثل مؤتمرات معهد مهندسي الكهرباء والإلكترونيات ومؤتمرات آر اس أيه، والمؤتمرات الأوروبية حول الحرب السيبرانية Cyber War-fare Europe ومؤتمر Tele Strategies ومؤتمر آي إس إس العالمي وآيدكس والمؤتمر

الدولي لمكافحة الجرائم السيبرانية وقمة حرب المستقبل Future War Summit وغيرها. كما قدم خطابات رئيسية في أكثر من 50 حدثاً دولياً وإقليمياً ووطنياً في مجال الأمن السيبراني؛ مثل: جيتكس، ومؤتمر GISEC، والقمة العالمية للحكومات. كما عرض إطار عمل الأمن السيبراني لدولة الإمارات العربية المتحدة في مجمع الإنتربول العالمي للفضاء السيبراني والجرائم الإلكترونية الموجود في سنغافورة.

يحمل الدكتور الكويتي درجة الدكتوراه في هندسة الكمبيوتر وأمن الشبكات من جامعة جورج واشنطن في الولايات المتحدة ودرجة الماجستير في الاتصالات وشبكات الكمبيوتر. كما يحمل درجة الماجستير في الأمن الدولي والمدني.

والدكتور الكويتي عضو في جمعية المهندسين، ومعهد مهندسي الكهرباء والإلكترونيات، وجمعية جولدن كي الوطنية الشرفية وجمعية الكمبيوتر. وتتمثل اهتماماته البحثية في رصد الحرب السيبرانية ومراقبتها والاستجابة لها، والتحليل الجنائي للشبكات، وحوكمة الشركات والعمليات، والسياسة السيبرانية الوطنية.